はぐれ同心の意地

神田のっぴき横丁6

氷月　葵

時代小説

二見時代小説文庫

目次

はぐれ同心の意地——神田のっぴき横丁6

『はぐれ同心の意地――神田のっぴき横丁6』の主な登場人物

真木登一郎《まきとういちろう》……目付から作事奉行へと順調に出世階段を上っていたが、突如隠居した旗本。

佐平《さへい》……隠居して家を出た登一郎について来た真木家の中間《ちゅうげん》。

永尾清兵衛《ながおせいべえ》……易者。のっぴき横丁の差配を任されている浪人。

龍庵《りゅうあん》……横丁に住む医師。

新吉《しんきち》……横丁の住人。表向きは暦売りながら、ときに御政道批判の読売を売る男。

真木長明《ながあき》……登一郎の三男。街歩きを好み、よく横丁の登一郎を訪ねて来る。

鳥居甲斐守耀蔵《とりいかいのかみようぞう》……南町奉行。水野忠邦《みずのただくに》の子飼いとされ庶民に厳しく、江戸中で嫌われている。

大崎角之進《おおさきかくのしん》……出世にしか興味のない同僚とは一線を画す正義感の強い南町奉行所の同心。

遠山金四郎《とおやまきんしろう》……北町奉行。南町の鳥居耀蔵と対立し、日頃から鳥居のやり口を批難する。

矢部駿河守定謙《やべするがのかみさだのり》……水野の政《まつりごと》に異を唱え罷免された前任の南町奉行。

吾作《ごさく》……婚約者のおひさを探しに信州《しんしゅう》の諏訪から江戸に出てきた百姓。

おひさ……女衒《ぜげん》に江戸の女郎屋に売られた娘。

文七《ぶんしち》……日頃は煮売り屋を営む新吉の読売の仲間。

権造《ごんぞう》……土左衛門で発見された宝船や七福神などの彫り物の入った男。

長兵衛《ちょうべえ》……吾作が権造に引き合わされた、裏の顔を持つ中間。

第一章　十手《じって》の誇り

一

　枕に乗せた頭を、真木登一郎《まきとういちろう》は動かした。ふと目が覚めたせいだ。窓に目を向けると、障子の外はまだ暗い。十二月の冷気を感じて首を縮めようとした登一郎は、いや、とその首を伸ばした。

　外から、なにやら声や足音が聞こえてくる。

　なんだ、と上体を起こした登一郎は耳を澄ませた。二階のこの部屋に聞こえてくるのは、表の道の騒ぎだ。

「どこだ」

「逃がすな」

男達の声が聞こえてくる。

誰か追われているのか……。そう思いながら、登一郎は布団から出た。窓に近づこうと立ち上がったそのとき、身の動きを止めた。

階下から声と物音が聞こえてくる。声は佐平《さへい》のもののようだ。中間《ちゆうげん》の佐平は、いつも下で寝ている。

登一郎はそっと階段へと近寄った。

階下に耳を澄ませると、

「静かにしろ」

という声が聞こえてきた。

誰だ、と登一郎は息を呑んだ。誰かが家の中に入って来たらしい。登一郎は足音を忍ばせて階段を下りて行く。

覗き込むと、板間の暗闇に二人の気配があった。目を凝らすと、見えてきたのは、仰向けに倒された佐平と馬乗りになった男だ。

「金はどこにある」

男の声が低く響く。

「か、金なんぞ……」

佐平の声が震えている。

「言わないと……」

闇の中に、男の振りかざした短刀が白く浮かび上がった。

「やめろっ」

登一郎はそう声を張り上げると、階段を飛び降り、座敷を駆けた。

刀掛けに手を伸ばすと、脇差しを手に取る。

短刀を手にした男の動きが止まった。ちっ、という舌打ちとともに、顔が向けられた。

登一郎は脇差しの鞘《さや》を捨て、すり足で進んで行く。

男も立ち上がり、こちらに向き直る姿が見えた。

目が暗闇に馴れ、男の姿も浮かび上がる。着物の裾をはしょった若い男が、肩を揺らしながら近寄って来る。

「なんだ、爺《じじい》か」

男の嗤《わら》いがこぼれた。

ふっ、と登一郎も嗤いを返す。

「見くびるな」

声とともに踏み出した。

刃を回し、男の太股を狙う。

男は飛び退いて、後ろに下がった。と、すぐに身を立て直して、短刀を両手で構えた。

突っ込んで来る男を、登一郎も横に躱《かわ》す。行きすぎた男に向き直り、登一郎は刀を振り上げ、声を放った。

「やめておけっ」

その刃で、男の腕を斬りつけた。

男の手から、短刀が落ちる。

それに飛びついたのは佐平だった。

取り上げると、男の膝裏を蹴った。

崩れる男の首を、登一郎は柄頭《つかがしら》で打った。

膝をついた男の背を踏むと、

「佐平、足を縛れ」

登一郎は怒鳴った。

「はい」

佐平は短刀を土間に放り投げると、自分の帯を解いて、男の足首を縛りだした。

「ようし」

登一郎は男の腕をひねり上げる。と、自分の帯を解いて、手首を縛り上げた。

そこに表から声が上がった。

「どうしたっ」

永尾清兵衛《ながおせいべえ》の声だ。

おう、と登一郎は男から離れ、表戸へと向かう。心張り棒を外《はず》して戸を開けると、
清兵衛が目を丸くした。

「おう、無事か、何事だ」

「うむ、盗人《ぬすっと》が押し入ったのだ、役人を呼んで来てくれぬか、追われていたやつだろう」

「よし、さっき表を通って行ったな」

清兵衛が走り出す。

登一郎が振り向くと、座敷では佐平が火鉢から種火を蠟燭《ろうそく》につけていた。それを行灯《あんどん》に移すと、ぼうっと明るくなった。

男が歯がみをして顔を上げる。

登一郎は男の腕を見た。斬った傷口から血が流れ出ている。

「佐平、手拭いを頼む」

はい、と差し出された手拭いで、その傷口を縛った。

と、その顔を表に振り向けた。足音が近づいて来る。

表がたちまちに明るくなった。役人のかかげる提灯《ちょうちん》のせいだ。

「おう」

登一郎が立ち上がると、黒羽織の同心が入って来た。

「男を捕らえたと聞いたが」

首を伸ばす同心に、「これだ」と登一郎は男を指さした。

「邪魔をする」

同心は提灯を持つ捕り方に顎をしゃくり、座敷に上がり込んで来た。捕り方の役人らもどやどやと上がって来る。

「こやつです」

提灯を顔に近づけた役人が頷くと、同心は「よし」と手を上げた。

「引っ立てろ」

はい、と役人らは佐平らの帯を解き、男に縄をかけた。

「立て」

棒で突きながら、男をせき立てる。

あ、と登一郎は同心を見た。

「わたしがあの者の腕を斬ってしまったのだ、手拭いを巻いてはおいたが」

「承知しました、怪我はございませんか」

同心は登一郎と佐平を見た。

「うむ、我らは大事ない」

「それはなにより……あの者、表から押し入りましたか」

「いいえ」佐平が首を振る。

「勝手戸からです。あたしが心張り棒をかけ忘れてたんで」

「ふむ、裏に逃げ込んでいたか。いや、迷惑をかけ申した」

少し頭を下げながら、同心は顔を巡らせた。

「ここはのっぴき横丁ですな」

「さよう」

登一郎は頷く。のっぴきならなくなった者が助けを求めてくることから、町ではのっぴき横丁と呼ばれている。

「しかし」登一郎は顔を斜めにする。

「あの男、そうとは知らずに逃げ込んで来たのでしょう、金を出せ、と刃物を振るいましたから」

「金を……」同心は鼻息を漏らす。

「あの男、さる商家に押し入った一味の者です。すぐに見つかって散り散りに逃げ出し、あやつが逃げ遅れたのです。で、我らが追った、という次第で」

「なるほど」

頷く登一郎に、同心は会釈をした。

「礼を申します。いずれまた、改めて」

男はすでに外に出されている。

なに、と頷く登一郎に背を向けて、同心は出て行った。

清兵衛はそれを見送って肩をすくめる。

「とんだ災難だったな。が、怪我がなかったのは幸いだ」

清兵衛は横丁の差配をまかされている浪人だ。

「うむ、駆けつけてくれて助かった」

頷き合いつつ、二人は首をすくめた。冷たい夜気が身にまとわりつく。

「寒いな、わたしは戻る」

清兵衛が首を縮めながら出て行くと、佐平は見送って戸を閉めた。

「あたしら、帯を締めましょう」

佐平ははだけた着物を合わせながら、登一郎の前を目で示す。

同じようにはだけたままであったことに気づき、登一郎は慌てて前を重ねて苦笑した。

二

朝の膳に座った登一郎は、思わず首を伸ばして覗き込んだ。

並べられているのは、ご飯と納豆汁、そして沢庵《たくわん》と金山寺味噌《きんざんじみそ》だけだ。ご飯からは少し焦げた匂いも立ち上ってくる。

「すいません」佐平が頭を下げる。

「あれから寝直したら寝坊しちまって、煮売りも買いそこなって。ご飯もうっかりと、焦がしてしまいました」

「ああ、よい」登一郎は首を振る。

「とんだ騒ぎだったからな、身体も冷えて寝付けなかったであろう」

登一郎は納豆汁を口に運んだ。自分はとうとう寝付けなかった、とは言えなかった。苦笑を堪《こら》えて、熱い汁を喉に流し込む。

箸を沢庵に伸ばし、口に入れる。ぽりぽりと音を立てながら、湯気の立つご飯を口に入れた。

「うむ、これで十分。飯には沢庵だ」

笑顔を向けると、佐平もやっと笑顔になった。

膳をすませて茶を飲んでいると、表の戸が開いた。

「おはようございます」

顔を覗かせたのは龍庵《りゅうあん》だった。横丁の一番端に住む医者だ。

「おう、龍庵殿か、入られよ」

登一郎の言葉に、土間へと入った龍庵は座敷の二人を見た。

「明け方、騒ぎがあったようですね。あたしは気づかずにいたんですが、さっき、新《しん》吉《きち》さんに聞きまして……怪我はありませんでしたか」

「心配して来てくださったのか、うむ、大丈夫だ」

な、と登一郎が顔を向けると、佐平は「あ」と肩を動かした。

「あんときは平気だったんですけど、起きたら、肩が痛くなっていて」

「なんと」登一郎は佐平を見た。

「そうか、そなた、押さえ込まれたからな、痛めたのかもしれん」

「どれ」龍庵が座敷に上がった。

「お邪魔しますよ、診てみましょう」

佐平の横に座り、肩を出させると、手で探ったり腕を動かしたりを始めた。

「ふうむ、骨は大丈夫、たぶんひねったんでしょう。人にやられたようなときには、気が立っているので痛みは感じないもんです。あとになってから、出てくるんですよ」

「なるほど」

登一郎は頷く。わたしも気が立って眠れなかった、ということだな……。

龍庵は登一郎を見た。

「逃げ込んで来たのは、盗人だったんですか」

「うむ、短刀をかざして金を出せと言いおった」

そのときの状況を語る。

「ほう」と龍庵は顔をしかめた。

「では、助けを求めて来たわけでない、ということですな」

のっぴき横丁では、駆け込んで来た者を簡単に追い返したりはしない。多少の法を犯していても、話を聞いてそれなりに理があれば助けてやるのが常だ。

「ああ、ありゃあ」佐平が頷いた。

「ここがのっぴき横丁だとは知らずに、たまたま走り込んだんでしょう」

「うむ」登一郎も続けた。

「押し込みが失敗したゆえ、ここで金を奪って、遠くに逃げようと思ったに相違ない」

「なるほど」龍庵が顔を弛《ゆる》めた。

「なれば、役人に引き渡すのが筋《すじ》、ですな」

さて、と龍庵は腰を上げた。

「佐平さん、この痛みならお灸《きゅう》が効くはずです。据えますから、うちにおいでなさい」

「おう」登一郎は頷く。

「それはよい、佐平、やってもらってこい」

はい、と佐平も立ち上がる。

出て行く二人を見送って、登一郎はあくびをした。

やれやれ、今頃になって眠くなってきたわ、ひと眠りしよう……。独り笑いをしながら、階段を上った。


夕刻。

また、表の戸が開いた。

「ごめんください」

今度は新吉だった。暦《こよみ》売りを生業《なりわい》としているが、裏稼業として読売《よみうり》を作って売ってもいる。

「おう、入ってくれ」

登一郎の言葉と同時に、新吉は入って来る。

「どうも、今朝方は大変でしたね」

うむ、と登一郎は笑う。

「やはり、見ていたか」

「はい、こっそりと。いえ、いざとなったら加勢しようと、棒を握ってですよ」

「それは心強いことだ」

「いえ、それでね」新吉は上がり框《かまち》に腰を下ろした。

「町でいろいろと聞き回ってきたんですよ。したら、夜、両国《りょうごく》の小間物屋《こまものや》が押し込みにやられたってのがわかりました」

「ほう、小間物屋か」

「ええ、そこの主《あるじ》、けっこうな歳なんですが、夜中に小便に起きたら、なにやら物音がするってんで、盗人一味に気がついたらしいんですよ。で、すぐに若い衆を起こして、大騒ぎして、追い払ったってえ次第らしくて……」

「なるほど、そのうちの一人が逃げ込んで来たというわけか」

「ですね。けど、先生のうちに逃げ込むなんざ、運の尽きってもんだ」

新吉は口を開けて笑う。

まあ、と登一郎は苦笑した。

「大して強い者でなかったから、こちらも助かった。ほかにも捕まった者はいるのか」

「いいえ、あとはみんな、ばらばらに逃げて、姿をくらましたそうです。それは番屋《ばんや》で聞き込みました」

「ほう、で、この話、読売にするのか」

「ええ、お店《たな》では、番頭が殴られて血だらけになったそうです。けど、そのあと若い衆が手に手に棒や包丁を持って大声を出して、陰で女衆も鍋やら釜やら叩いて音を立てたそうなんでさ。それが面白いから、書くことにします。この横丁に逃げ込んだ男のことは伏せますけどね」

「そうか、あまり知れ渡るのもなんだしな」

「ええ、下手《へた》に横丁のことが広まると、こっちまで危なくなっちまいますからね」

新吉の出す読売は公儀への批判も多いため、あくまでも秘密の稼業だ。役人に知られれば、縄をかけられるのは避けられない。

「今度のも御政道批判に繋げるのか。なれば、見張りを……」

役人に睨《にら》まれるような読売は取り締まりにあうため、登一郎は見張り役をすることがあった。売り場の近くに立ち、役人の姿を見つけたら、笛を吹いて知らせる役目だ。

「いえ」新吉は首を振った。

「これは小ネタですからね、無難に書いて終わりにします」

じゃ、と新吉は立ち上がった。

「また、なんかあったら」

おう、と頷く登一郎に背を向けて、新吉は出て行った。

三

台所で朝餉《あさげ》の片付けをする佐平に、

「昨日の灸は効いたのか」

登一郎は問いかけた。

はい、と佐平は肩を回して見せた。

「痛みが軽くなったようで」

「そうか、なればまた行ってくるがよい」

「いいんですか」

「むろんだ、遠慮はいらぬ」

「そいじゃ」

佐平は手早く片付けをすませると、襷《たすき》を外した。

表に出ようとした佐平が、あっと声を上げて足を止めた。

そこに立っていたのは長明《ながあき》だった。登一郎の三男だ。

「や、佐平、出かけるところか」

長明の声に、登一郎が奥から出て来た。

「おう、来たのか……なれば、佐平、中食《ちゆうじき》はいらんぞ。外に食べに出る」

「はい、承知しました」

佐平はにこやかに出て行った。

「外はいいですね」長明は上がり込んで来る。

「飯屋に行きましょう、ねぎま鍋というのがあると聞いたので、食べてみたかったのです。旨いらしいですよ」

「ねぎま……よくわからんが、鍋なら温まりそうだな、よいぞ。そなた、それが目的で来たのか」

父の苦笑に、息子は首を振って懐から小さな包みを取り出した。

「いえ、今日は母上から言伝《ことづて》を預かりまして。これで父上に掛け軸を買って来てほしい、とのことです。まもなくお正月なので、それにふさわしい物を、と」

「掛け軸、とな」

包みを開いて、数枚ある一分金《いちぶきん》(四分の一両)の小さな板を見ながら、登一郎は首をひねった。

「屋敷にあるではないか」

「はい、毎年、お正月には掛けてましたよね。日の出に松と竹、鶴と亀の描かれた物を」

「うむ、あれは祖父の代から掛けている物だ」

「はあ、ですが、母上によると、染《し》みが増えたし表装《ひょうそう》も傷《いた》んできたので、新しい物に変えたいと。兄上が家督を継がれて初めてのお正月ですから、それにふさわしい掛け軸にしたい、とお考えなのではないでしょうか」

息子の言葉に、ふうむ、と登一郎は腕を組んだ。登一郎はこの年の春に突如として隠居し、長男に家督を継がせたのだ。

「なるほど、思い至らなかった。それはもっともだな」

包みを懐にしまいながら、登一郎は立ち上がった。

「よし、では買いに行こう」

「え、今からですか。父上は正月前には戻られるのでしょう。その折にお持ちくだされば、よいのでは」

「ふむ、正月までには帰るが、いつになるかはわからん。それよりもそなたが持ち帰れば、二十八日に飾れるではないか」

正月飾りは、末広がりの八がつく二十八日に飾るのが縁起がよいとされている。

三十日の大晦日《おおみそか》では急ごしらえの一夜飾りとなるため年神様《としがみさま》に無礼とされ、通夜も連想させるために縁起が悪い、と言い伝えられている。

「はあ、確かに」

長明も立ち上がった。

父子は横丁を出て、日本橋《にほんばし》へと足を向けた。

多くの店が並ぶ通りで、二人は左右を見ながら進んだ。

師走《しわす》だけあって行き交う人々の足取りがせわしない。掛け売りが普通の江戸では、師走に集金をするのが常だ。商家の手代《てだい》らは帳面を懐に、北へ南へと小走りに通り過ぎて行く。

「あ」と長明が声を上げた。

軒先に版画が吊された店の前で、二人は足を止めた。店の奥には大きな画や掛け軸も掛けられている。

「いらっしゃいまし、掛け軸でございますか」

二人の目の先を読んで、店の手代が寄って来た。

「さ、どうぞ、お上がりを」

座敷に導かれて、親子は上がり込んだ。

「お正月の掛け軸を新調でございますか」

両手を合わせる手代に、うむ、と登一郎は顔を巡らせた。

壁に掛けられた数幅《すうふく》の掛け軸を順に見ていく。

「これなどはいかがでしょう」手代が手を上げる。

「御武家様の床の間にふさわしいかと」

描かれているのは精悍《せいかん》な顔つきの姿の虎だ。

「猛虎図《もうこず》か、荒々しすぎるな」

登一郎の言葉に「では」と手代は隣を指す。

「こちらの鷹《たか》の図はいかがでございますか」

翼を広げた鷹が、鋭い眼差しでなにかを狙っている。

「ふうむ、殺気を感じて落ち着かぬな」

「はあ、ではこの鯉《こい》の滝登りはいかがで」

示された軸には、激しく落ちる水を登る鯉が描かれている。

「登龍門《とうりゆうもん》ですね」長明がそれを見上げる。

「滝を登りきれば龍に変わる……『後漢書《ごかんじょ》』に記された話だったでしょうか」

「うむ、黄河《こうが》という大きな河に龍門という滝があり、下には常に多くの魚が集まっている。皆、登ろうとするが、水の勢いが強く上まで行くことができない。が、登りきることができれば龍になれる、という言い伝えだ」

登一郎の話に、手代は両手を揉み合わせた。

「はい、さすが御武家様。出世の縁起物として、これまでにも多くの御武家様にお買い上げいただいております」

ふむ、と登一郎は眉を寄せる。

「出世をかなえるのは武士の本願。だが、そのために仁と義を失う者も多い」

寄せた眉で、息子を見る。

「はい、確かに」

長明が神妙に頷く。

登一郎は目を隣の軸に向けた。ほう、と目元を弛める。

掛け軸には朝焼けの富士山《ふじさん》と飛び立つ鶴《つる》の群れが描かれている。

「これは清々《すがすが》しい」

「はい」手代が頷く。

「富士山に朝日、というのはよいことの始まりを示すおめでたい風景、そこに縁起のよい鶴の群れ、ときておりますから、まさにお正月にふさわしいかと」

ええ、と長明も父に頷いた。

「穏やかでよいですね」

「うむ、これをもらおう」

登一郎は掛け軸を指で差した。

「はい、かしこまりました。では、少々お待ちを」

手代は掛け軸を下ろすと、箱、箱と、奥へと行った。

戻りを待つ登一郎は、ふと、顔を振り向けた。

土間から聞こえてきた声に引っ張られたのだ。

「嘘をつくな、真《まこと》はあるのだろう。よいから出せ」

一人の武士が居丈高《いたけだか》に立ち、手代を見下ろしている。

「團十郎《だんじゆうろう》なら七代目でも八代目でもよい。いや、ほかの役者でもよい。国への土産にしたいのだ」

「いえ、ほんとにありませんで」

手代が背中を丸めてぺこぺこと頭を下げる。

「御武家様」

帳場台に座っていた番頭が、膝でそちらに進み寄った。恭《うやうや》しく手をつくと、その顔を上げた。

「役者絵は御公儀から禁じられておりますので、もう作ってはいないのです」

老中首座《ろうじゅうしゅざ》である水野忠邦《みずのただくに》は、奢侈禁止令《しゃしきんしれい》を公布し、町人のさまざまな楽しみを無駄な贅沢として禁止した。役者絵もそのうちの一つで、作ることも売ることも禁止されていた。

「ふん」と武士は鼻を鳴らす。

「しかし、以前に刷った画があろう。奥にしまってあると聞いたぞ」

「いいえ、もう処分いたしました」

頭を下げる番頭に、武士が顔を近づける。

「値は張ってもかまわぬ。見せてくれ」

いえ、と番頭の頭が下がる。

登一郎はすっと立ち上がった。

「どこぞの藩士であられるか」

武士に近づいて行く。

しかめた顔で見返す武士に、登一郎は胸を張った。

「御公儀の御触れで役者絵は御法度《ごはっと》となった。ゆえに市中にはもう一枚もない。あきらめてお戻りになるがよかろう」

ムッと、武士は顔をしかめる。

登一郎は小さな笑顔を作った。

「江戸の土産なら、富士山の絵がよいかと思うが。そら、あれなどいかがか」

登一郎は壁に掛けられた赤富士の版画を指で差す。

「ふ、富士なら」武士は拳を握った。

「持っておるわ。もうよい」

そう言うと、くるりと背を向けた。

外へと出て行く姿を見送って、登一郎は番頭に目顔の笑みを向けた。

番頭はふかぶかと頭を下げる。

「ありがとうございました」

なに、と登一郎は息子の隣へと戻った。

手代は箱を抱えて戻って来ていた。見ていたようで、ぺこりと頭を下げる。

そこに番頭がやって来て、小さな箱を置いた。

「お礼にこれをおつけいたします」

蓋が開けられると、丸い玉と房が現れた。

「お、風鎮《ふうちん》か」

掛け軸の下に吊す重しであり飾りだ。

「はい、玉は九谷焼《くたにやき》でございます」

番頭が微笑む。と、その声を低めた。

「助かりました。わたしの知り合いにも、あの手口に欺《だま》されてお縄をかけられた者がいるのです」

「うむ、やりすごせてよかった。では、遠慮なく風鎮はいただこう」

登一郎は支払いを済ませると、小箱を長明に渡した。

あ、なるほど、と長明はつぶやいて、父のあとに付いて店を出た。

「ありがとうございました」

番頭らの声に見送られて、親子は賑やかな道を歩き出した。

長明はそっと父にささやく。

「あの侍、藩士ではなかったのですね、わたしは見抜けませんでした。囮《おとり》を使った探索ですか」

「うむ、間違いない。南町奉行所の役人であろう。御禁制品をこっそりと出させて、御法度だと言って捕まえる。妖怪《ようかい》のいつものやり口だ」

南町奉行の鳥居耀蔵《とりいようぞう》は水野忠邦に忠実で、忠の字をもらって名を忠耀《ただてる》と変えたほどだった。しかし、町で誰もそうは呼ばず、耀蔵で通っている。耀蔵と官名の甲斐守《かいのかみ》を合わせた〈妖怪〉という仇名《あだな》が、すでに行き渡っているせいもあった。

長明は溜息を吐《つ》いた。

「妖怪が奢侈禁止令の締め付けをさらに厳しくしている、と聞きました。囮まで使うとは、やりすぎでしょうに」

店を振り返って首を振る息子に、登一郎は苦笑を漏らす。

「うむ、町人の警戒心も高まっている。たやすくは欺されぬようになってきたはずだが、あの強引さにはあきれかえるわ」

苦笑を吐き出すと、息子を見た。

「さあ、ねぎま鍋とやらを食べに行くとしよう」

「はい」

木箱を抱えた長明が、大きく足を踏み出した。

四

いつものように朝餉をすませ、登一郎はくつろいでいた。佐平はまた灸を据えてもらいに、龍庵の所に行っている。さて、と書見台を引き寄せたところで、登一郎は顔を向けた。表戸の障子に人影が映ったからだ。

「ごめんくだされ」

誰だ、登一郎は顔を向ける。声は、

「真木登一郎様、おられましょうか」

と、続いた。

「おりますぞ、どうぞ」

立ち上がって戸口に近寄ると、戸ががらりと開いた。

入って来たのは、盗人を捕らえて行った同心だった。

「ああ、あのときの……」

「はい、その節はかたじけのうございました、真木様」

同心は土間で頭を下げる。

「いや、礼には及ばぬ」

言いつつ、はて、あのとき名乗ったろうか、と小さく眉を動かした。それを読み取ったかのように、同心は面持ちを弛めた。

「ここがのっぴき横丁だとわかってましたし、真木登一郎様がお住まいだということも聞き及んでいました。あの折、もしや、と思ったのですが聞きそびれ……実は、昨日もやって来たのです。お留守でしたが」

「ああ、そうであったか。昨日は出かけていたゆえ」

「はい、近所の人らに聞きまして、やはり真木様であることがわかり……ここでは先生と呼ばれておられるのですね」

「ああ」と登一郎は苦笑した。

「ちと武術を教えたことでそう呼ばれることになった。わたしは今はただの隠居ゆえ、様などとお呼びくださるな」

「では、わたしも先生とお呼びしてよろしいでしょうか」

「うむ……先生と呼ばれるには値しない身だがな」登一郎は手を上げた。

「まあ、お上がりくだされ」

「よいのですか、では」

同心は座敷へと上がると、登一郎と向かい合った。同心は目を眇《すが》めると、小さな息を吐いた。

「いや、わたしにとって、真木様は以前より先生だったのです。城中で水野様一派に物申されたことを聞き、密かに仰いでいたのです。いつか、お目にかかりたいとも思うていました」

ああ、と登一郎は苦笑しつつ、城中のことを思い出していた。

もともと老中首座水野忠邦の厳しすぎる政《まつりごと》には、反対の意を持っていた。さらに、水野の実弟の跡部大膳《あとべだいぜん》が、兄の権力を笠に傲慢に振る舞っていることにも反感を持っていた。水野に阿《おもね》っていた鳥居耀蔵も嫌いだった。

ために、ある日、跡部大膳の傲岸不遜《ごうがんふそん》をたしなめ、怒りを買ったのだ。跡部は兄に働きかけ、作事奉行《さくじぶぎょう》であった登一郎を罷免《ひめん》、佐渡《さど》へと飛ばそうと企んだのだ。それを知った登一郎は自ら隠居を決めたのであった。

同心は胸を張った。

「わたしは先生の気概に感じ入ったのです」

「いや」登一郎は苦笑する。

「若くもないのに若気の至り、いや、馬鹿気の至りということだ……」

登一郎は改めて相手を見た。三十半ばという年頃だろう。

「ああ、聞きそびれていた、そこもと、名はなんと……」

あっ、と同心は慌てて頭を下げた。

「失礼しました。わたしは南町奉行所の同心、大崎角之進《おおさきかくのしん》と申します」

えっ、と登一郎は思わず声を上げた。

「南町……北町ではないのか」

南町奉行は鳥居耀蔵だが、北町奉行は遠山金四郎《とおやまきんしろう》だ。鳥居耀蔵は奢侈禁止令を振りかざし、町じゅうで厳しい取り締まりを行っている。が、金四郎は老中水野や鳥居耀蔵の方針に反対し、対立を続けていた。

「てっきり、北町の同心だと思うていたわ」

登一郎の言葉に、大崎は顔を歪《ゆが》めて笑った。

「そう思われるのは無理もありません。南町の役人は、誰もが御奉行の命《めい》に忠実で、奢侈禁止令の取り締まりばかりに力を入れていますので」

「うむ、町で見かけるのはそればかりだ。贅沢だと言って菓子屋や寿司屋を捕まえたり、建てたばかりの家を壊したりする場に居合わせたこともある。囮を使って贅沢品を出させ、御法度破りと言って縄をかける役人も見たことがあるぞ」

以前にも、小間物屋で囮捜査にかち合ったことがあった。

「はい」大崎は大きな溜息を漏らした。

「皆、手柄を立てることにしか目が向かないのです。御触れどおりに町人を捕まえれば、御奉行の覚えはめでたくなりますし、出世に繋がるかもしれませんから」

「ふうむ、そのほうが悪人を捕まえるよりも簡単であろうしな」

「そうなのです」大崎は身を乗り出した。

「盗人を捕まえるのはホネですが、商人らを捕らえるのはたやすいこと。それも囮を使えば、労せずにお縄をかけられる。その安直さに、一度やれば味をしめてまた同じことをするのです。それで上から褒められる、という次第になっているのです」

顔を赤くする大崎に、登一郎は頷いた。

「ふむ、楽して利を得ようとするのが人の常……しかし、取り締まる側の役人がそのようなことでは、まともな仕事になるまい」

「そうです」大崎が腿をばんばんと叩く。

「にもかかわらず恥じることもなく、皆、奢侈禁止令の取り締まりに血道《ちみち》を上げているのです。我らは本来、町の治安を保つのが役目、なのにもはや、なんのための町奉行所だか、わからない始末で……」

大崎は顔を歪めて歯噛みをした。

「なるほど」登一郎は頷いた。

「それゆえ、大崎殿は同心の本領を守り、盗人を捕まえているのだな」

「はい」大崎は顔を上げると、拳を握った。

「今の南町では、わたしははぐれ者同然ですが、かまいません。皆と同じになっては、矢部《やべ》様に顔向けできませんから」

その顔を上に向け、天井を透《す》かして遙か空を見やるように目を向けた。

ふむ、と登一郎も眉を寄せる。矢部定謙《さだのり》の顔が思い出されていた。

矢部定謙は鳥居耀蔵の前の南町奉行だ。矢部は老中水野の厳しい法令に反対し、町人の側に立つ奉行として慕われていた。しかし、水野や鳥居は、己らに従わない邪魔な人物として敵視した。ために、鳥居は水野を丸め込んで罪をでっち上げ、矢部定謙を罷免、改易《かいえき》に追い込んだのだ。桑名藩《くわなはん》に永預けの身とされた矢部定謙は、その地で食を断ち、命までも絶ったのだった。

登一郎は、口惜《くちお》しさで顔を赤らめた大崎を見た。

「矢部殿を慕っておられたか」

ええ、と大崎は頷いた。

「矢部様の下《もと》で働けたのが、わたしの誇りです。その誇りだけは、汚したくないのです」

まっすぐな眼差しに、登一郎は目を伏せた。矢部殿、と心の内で語りかける。矢部殿の心意気を継ぐ者がここにおりますぞ……。

目を開けた登一郎に、大崎は鼻を膨らませて頷いた。

「こうして先生とお話しできて、胸がすきました」

うむ、と登一郎は目で笑う。

「わたしもだ。矢部殿の志を受け継ぐ役人がいることがわかって、うれしい限りだ」

二人が目で頷き合う。

そこに表戸が開いた。佐平が戻って来たのだ。

「あっと」

大崎の姿に、佐平は慌てて戸を閉めようとする。勝手口に回ろうとする佐平に、登一郎は声を投げかけた。

「ああ、よい、上がってこい」

はい、と佐平は座敷に上がって膝をつくと大崎に頭を下げた。

「あのときのお役人様ですね、どうも……」

「おう、こちらこそ騒がせてすまなかった。それに助かった」

いえ、と佐平は立ち上がった。

「いま、お茶を」

台所に行く佐平を見ながら、登一郎は、「そういえば」と大崎に向き直った。

「あの盗人はいかがした」

「ああ」大崎は顔をしかめる。

「牢屋敷に送ったのですが、名さえも言わず、吟味《ぎんみ》が進まないようです。おそらく一味の者から口を割るな、と言われているのでしょう。近頃の盗賊はずいぶんと荒っぽくなってきたので、それが仲間にも及んでいるのかと」

「ほう、決まり事を持った仲間、ということか」

「ええ、奢侈禁止令で仕事を失い、悪事に走る者が増えているのです。一味を作って盗みや押し込みをするやつらもいて、手を焼いています。まあ、責め問いを始めることでしょう」

牢屋敷においては、罪を白状しない者に対して責めて口を割らせるという方法がとられる。いくつかの拷問《ごうもん》があり、その苦痛によって罪人は白状せざるを得なくなるのだ。

登一郎は顔を歪めた。拷問の苦しさで嘘の自白をしてしまう者も少なくなく、拷問によって命を落とす者も珍しくない。

もともとの悪人ではなかろうに……。そう思うと、溜息がこぼれる。

佐平の入れる茶の香りが、ほんのりと漂ってきていた。

「そうか」

五

大晦日を二日後に控えた日本橋を、登一郎は歩いていた。

道を行き交う商人は、ますます足を速めて通り過ぎて行く。

裏道に入って進んで行くと、登一郎は小さな店を覗き込んだ。〈古道具〉と書かれた小さな看板が軒先に下がっている。店の中には小間物や火鉢や文机《ふづくえ》が置かれ、壁には掛け軸もたくさん掛けられている。入って行くと、その掛け軸の前に立った。

ほう、と登一郎は軸の絵を見る。山水画《さんすいが》や鷹、鯉や富士山の絵もある。なんだ、こっちで買ってもよかったな……。

目を移していると、白髪混じりの男が座敷の帳場台で顔を上げた。

「らっしゃいまし、掛け軸をお探しですか」

いや、と登一郎は首を振った。

「鉄鍋を探しているのだが、あろうか」

「鉄鍋」と主は下に下りてくると、棚へと向かった。

「こちらに、いくつもありますよ。どうぞ、お手にとってご覧くださいまし」

おう、と登一郎は手を伸ばす。大中小の鉄鍋が並ぶなかで、中くらいの鍋を取ってみる。

「ずいぶんと使い込んでいるな」

「へえ、持ち込んだお人らが、それぞれ使っていた物ですから。けど、油を塗ってあるんで、錆《さ》びちゃいませんよ」

「そうだな、こちらも見てよいか。ずいぶんと数があるな」

「へえ」主が横で頷く。

「寄席の芸人だの小鳥屋だの女髪結いだの、奢侈禁止令で仕事をなくしたお人らが次々に持ち込んで来やしたから」

ふむ、と登一郎は並んだ鍋を見て、そうか、とつぶやいた。鍋の数だけ、暮らしが追い詰められた人がいたわけか……。

ひときわ使い込まれた鍋を手に取って、登一郎は中を覗き込んだ。さまざまな物を煮込んだせいか、底がでこぼこしている。

「ふむ、これをもらおう」

へ、と主が首をひねる。

「それでよろしいんで。もっときれいな物もありますよ」

「いや、これでよい。きれいな物は、また買い戻しに来るかもしれぬであろう」

はあ、と主は鍋を受け取りながら、帳場台へと戻る。

「そんな日がくりゃあ、いいですけどね」

つぶやきながら、算盤《そろばん》をはじいた。

「お代はこれで」

うむ、と登一郎は懐から紙入れを出した。

払いをしていると、外から若い男が入って来た。

「親父さん、また頼むよ」

言いながら登一郎に気づき、「あ」と足を止めた。

「すいやせん」

「いや、かまわぬ。こちらはもうすむ」

登一郎が脇に引くと、男は頭を下げながら帳場台の前に進んだ。

「これを買ってほしいんでさ」

座敷の端に置いたのは硯《すずり》だった。

「こりゃ」主は銅銭を数えながら横目で見た。

「商売道具じゃないか、売っちまっていいのかい」

ほお、と登一郎は男を見た。なんの仕事をしているのだろう……。

「いいんでさ」男は首を振る。

「もう春画《しゆんが》は描けないんだから、宝の持ち腐れさ」

奢侈禁止令で春画も禁じられていた。

主は男を上目《うわめ》で見つつ、釣り銭を登一郎に渡して頭を下げた。

「ありやとござんした」

登一郎はその場でゆっくりと銭をしまいながら、二人のようすを窺っていた。「けどなあ」主が男に言う。

「春画がだめなら、普通の絵を描けばいいじゃないか。北斎《ほくさい》や国芳《くによし》みたいなのを。うちで売ってもいいよ」

くうっ、と男は声を上げて天井を仰ぐ。

「そんな才がありゃ、春画なんぞ描きゃしねえよ。おれぁ、いろいろ描いてみて、てめえの才がようくわかったのさ。だからもう、すっぱりと筆は捨てることにしたんだ」

「はぁ、そうなのかい。けど、どうするんだい、この先は」

「そいつは今、思案中さ。絵を描くこと以外なにができきんのか、おれにもわからねえんだ」

「そうか……まあ、なんでもやってみなけりゃわからないからね。いろいろと試してみりゃいいさ」

「おう、けど、まず銭がなけりゃおまんまが食えねえ。生きられなけりゃ、試すことだってできやしねえ。だからこの硯、買ってほしいんで」

「そうだねえ」主は硯を手に取る。

「うちじゃ売れないが、上野《うえの》の店なら売れるだろう。お山の周りは、寺がいっぱいあるからな」

「え、親父さん上野にも店を持ってるのかい」

「あたしんじゃないよ、人のお店さ。古道具屋ってのは、けっこう品物を融通し合うんだ。お客がほしがる物が場所によって違うからね。このあいだ、うちは壺《つぼ》を譲ってもらったからちょうどいい。あっちも喜ぶだろう。さて……」

主は硯を置いて算盤をはじき出した。

「高く頼んますよ」

男は両手を揉んでいる。

登一郎はそっと外へと出た。


台所の土間で、登一郎は竈《かまど》の上に鉄鍋を置いた。

「葱《ねぎ》はあったな」

「はい」と佐平が籠から葱を出す。

「これを切るんですかい」

「うむ、一寸ほどの長さに切って鍋に入れるのだ。それで、この鮪《まぐろ》を四角に切って加える」

「はあ、それがねぎま鍋で……」

「うむ、旨かったのだ。身体も温まるぞ、そうだ、味噌味にしてくれ」

はい、と佐平は包丁を手に取る。が、その手を止めた。裏から足音が聞こえてくる。

勝手口の裏側は、細い路地になっていた。

二人で顔を向けると、その勝手戸ががらりと開いた。

「ごめん」

飛び込んで来たのは遠山金四郎だった。

驚く登一郎に、金四郎は戸を閉めながら、にっと笑った。

「すまぬ」

「い、いや、いかがされた、裏から」

登一郎は戸惑いつつも、座敷へと促す。

金四郎は上がりながら、ふう、と息を整えた。

「あとを尾けられていたので、走って撒《ま》いたのだ」

「あとを……」

「うむ、鳥居殿の手下が尾けてきたのだ。前々から身辺を探られていたのだがな、さすがに奉行所の中にまで入り込むことはできん。だから、こうして外に出たときに、あとを尾けられるのだ」

「あぁ」と登一郎は顔をしかめた。

「そういえば以前、鳥居耀蔵は小普請組《こぶしんぐみ》の御家人《ごけにん》を使って、潰したい相手を探らせている、と聞いたことが」

「おう、それよ。そればかりでなく、鳥居家の家臣も使っているのだ。外で尾けて来るのはそっちだ」

金四郎は、どっかと胡座《あぐら》をかいた。

登一郎は土間に首を伸ばし、佐平に言う。

「清兵衛殿を呼んで来てくれ」

はい、と佐平が出て行く。金四郎は町暮らしをしていた若い頃に、清兵衛と芝居小屋の囃子方《はやしかた》をしていて親しくなっていた。

すぐにやって来た清兵衛は「久しぶりだな」と向かい合った。

「今年もまもなく終わりだからな、抜け出してきたのだ」

金四郎は笑う。

「尾けられたそうだ」

登一郎が清兵衛にささやくと、金四郎は頷いた。

「鳥居殿はわたしを追い払いたいのだ。寺社奉行の松平忠優《まつだいらただます》殿も狙われているらしい。松平殿も、水野様の御政道にはもとより反対の立場だからな」

「ふうむ」登一郎は眉間《みけん》を狭《せば》める。

「鳥居の妖怪は政敵を葬るのに容赦《ようしゃ》がないゆえ、なにをするかわからんぞ」

「おう」清兵衛が二人を見る。

「これまでにも多くの人が罪をでっち上げられたのだろう」

「さよう、矢部定謙殿だけでなく、妖怪の嫌う蘭学《らんがく》の学者や医者などが何人も、あらぬ罪を着せられ、切腹や自死に追い込まれている」

　登一郎の言葉に、金四郎が顔を歪める。

「今年は西洋砲術家の高島秋帆《たかしましゅうはん》も、鳥居殿から密貿易の罪を着せられて捕まり、御家断絶とされたのだ」

「密貿易」

　顔を歪める清兵衛に、登一郎が頷く。

「うむ、高島殿は長崎《ながさき》のお人なのだ。去年、その疑いをかけられ、捕らえられたと聞いている。だが、その罪、濡《ぬ》れ衣《ぎぬ》だとも噂されたのだ」

「さよう」金四郎が言葉を繋げた。

「わたしはいろいろと話を聞き集めた。当人は密貿易など認めていないし、証立てするものもなかった。しかし、長崎会所の役人が、鳥居殿の命《めい》を受けて動いたのだ。そして、お沙汰がくだされたのだ」

「濡れ衣なのにか」清兵衛が顔を歪める。

「そのような男が御公儀の重臣とは……いや、金さん、そなたはまさかそのような目に遭わぬだろうな」

おう、と金四郎は膝を叩く。

「わたしは濡れ衣など着せられぬよう、十分に気をつけている。周りの者も妖怪の隠密を近づけぬよう、気をつけてくれているしな」

「ふむ」登一郎は腕を組んだ。

「しかし、相手は妖怪、平気で罪をでっち上げるなど、人とは思えぬほどの考えを持つ男だ。気をつけられよ」

「うむ」金四郎は頷く。

「わたしは町奉行として、まだまだなさねばならぬことがあるからな、負けてたまるか、と思うている」

そこに佐平がやって来た。火鉢を三人の真ん中に押してくる。

「ねぎま鍋ができましたから、お持ちします。お酒の燗《かん》もついておりますよ」

ほう、と三人の顔が弛んだ。

膳が運ばれ、火鉢の上に鍋が置かれる。

ぐい呑みを傾けながら、皆、鍋を覗き込んだ。

登一郎は葱を箸でつまみながら、ふうと息を吹きかけた。

「この葱もまた旨いのだ。あ、ただし葱鉄砲《ねぎでっぽう》には気をつけねばならん」

ほう、と清兵衛も葱を挟む。

どれ、口に入れると、「熱《あつ》っ」と口を開けた。噛んだ葱から、芯が勢いよく飛び出す。

「そら、それだ」

登一郎が笑う。

金四郎も笑いながら箸を伸ばした。

「鉄砲は怖いから鮪にしよう」

ふう、と吹きながら鮪を頬張る。

「おう、旨い」

三人の間に湯気が立ち上った。

第二章　逃げる男

一

「明けましておめでとうございます」

床の間の前で、一家が頭を下げた。

正面に座った登一郎の隣には、三千石の家督を継いだ長男の林太郎《りんたろう》が並んでいる。旗本家の大殿と殿だ。

二人に横顔を向けて右側に妻の照代《てるよ》、左側に並んだのが次男の真二郎《しんじろう》と三男の長明だ。

お屠蘇《とそ》の杯を口に運びながら、登一郎は妻の頭を見た。以前に買って、長明に持たせた櫛《くし》を挿している。

その目を背後に振り向けた。床の間には日本橋で買った朝焼けの富士と群鶴《ぐんかく》の軸が掛けられている。

「どうだ、あの軸は」

夫の問いに、妻は微笑んだ。

「穏やかでよい絵です。旦那様にお願いしてようございました」

「ええ」林太郎が頷く。

「虎や龍ではないのが、お父上らしい……これを家風とせよ、ということかと存じます」

ふむ、と登一郎は横目で林太郎を見た。毅然《きぜん》として、顔を上げている。

その顔に「どうだ」と父は問いかけた。

「お城勤めのほうは」

「はい。障《さわ》りなく勤めています」

家督を継いだ林太郎は、大番士《おおばんし》の役に就いた。登一郎は目付や普請奉行、作事奉行などを務めたが、やはり始まりは大番士だった。

登一郎は長男を横目で見た。家督を継がせたのだから、次は嫁を迎えるのが順当だ。が、水野一派に抗して辞した真木登一郎の息子と、縁組みしたがる家はないであろうな……。

溜息を呑み込んで、登一郎は次男を見た。

「真二郎はどうだ、学者を目指すのか」

「はあ、まあ」

真二郎は言葉を濁して、頷くようなかしげるような首の振り方をした。次男以下の〈部屋住み〉には、与えられる役目はない。〈厄介《やっかい》〉という別名があるように、部屋住みの次男以下は、仕事をせずに生涯を過ごす者も珍しくない。

ふむ、と登一郎は口を閉ざした。まあ、若いうちはいろいろと迷うものだ……。

「父上」

声を上げたのは長明だった。

「わたしは本草学《ほんぞうがく》を学ぼうと思うのです」

「ほう、本草学か……薬草だけではなく、鉱物や生き物なども薬として用いるのであろう。学ぶことが多そうだが」

「はい、石や鹿の角《つの》にも薬効があるのです。書物では読んでいたのですが、先月、友から本草学の学者に引き合わせてもらいまして、話を聞いたのです。それがたいそう奥深く、学びたくなりました」

「ふむ、それはよいことだ」

「ええ」長明は頷く。

「本草学を学び、医術を身につければ医者になることもできますし」

「医者」

皆の声が揃った。

長明は順に顔を見返していく。

「なんの仕事もせずに虚《むな》しく過ごすわけにはいきません。いろいろと道を考えたのですが、わたしは医者がよいと思うのです」

「まあ」母は目をしばたたかせた。

「医者とは……そなたに務まるのですか」

「いやまあ」登一郎が手を上げた。

「務まるかどうか、やってみなければわからん。道を見つけたのなら、とりあえず進んでみることだ。進んで壁に突き当たったら、別の道を探せばよい」

「まあ、呑気なことを」

母の溜息に、林太郎は小さく笑った。

「よいでしょう、道を選べるなど、羨ましいくらいです」

は、と長明は皆に頭を下げた。

「さて」と登一郎は妻を見た。

「雑煮にしよう。腹が減った」

「はい、まもなくお膳が参ります」

照代は小さく微笑んだ。


正月も二日目の夜、登一郎の部屋に林太郎がやって来た。

「お邪魔してもよろしいですか」

「うむ、入れ」

はい、と入って来た林太郎は、父とかしこまって向き合った。

登一郎は、ふっと胸の内で思う。跡継ぎとして厳しくしすぎたか、相変わらす堅苦しいな……。

「父上、少しお話があるのですが」

「うむ、なんだ、話してみよ」

「真二郎のことです。実は学者よりも、どこかに養子に入って役人になりたい、と相談されたのです。一家の主として生きたいのだと」

「ほう、そうであったか」

登一郎は眉を寄せた。登一郎が水野一派から睨まれた際、幕臣の多くは掌《てのひら》を返したように遠ざかって行ったのを思い出す。

「確かに、真二郎は真面目で地道な質《たち》ゆえ、役人に向いてはいそうだが、養子となると……」

林太郎は父の渋面から心の内を読み取って、膝で寄って来た。

「周りの方々が真木家に冷ややかなのは、己《おの》が身を守るために相違ありません。権勢を振るう水野様や鳥居甲斐守に睨まれたくないからでしょう。睨まれれば出世も遠ざかりますし」

「うむ、武士にとっては出世がなによりだからな」

「はい。わたしもお城に出仕するようになって、しみじみと感じ入りました。権勢の威力、というものもようくわかりました」

「そうか」

登一郎は息子を見た。以前よりも、眼差しが強くなったように見える。

「ですが、父上」林太郎は、さらに膝行して間合いを詰めてきた。

「わたしは密かに声をかけられたりもするのです。お父上は立派である、と」

え、と登一郎は目を見開いた。

「そのようなことを言う御仁がいるのか」

「はい、何人も。皆様、矢部定謙様のこともおっしゃいます。立派なお方であったのに、残念でならぬと」

むう、と登一郎は片目を歪めた。

「今頃になって……いや、それはわたしも同じことか。罪を着せられたとわかっていたのに、なにもせずにいたのだ」

唇を嚙む父に、林太郎は頷く。

「おそらく、同じ思いを抱く方は大勢おられるのかと。わたしは城中でそれを感じました」

「そうか」

捨てたものではないのか、と登一郎は城の方角へと目を向けた。

「なかには」林太郎は声を低める。

「鳥居甲斐守の権勢もそう長くはあるまい、という声もありました。あと一年くらいであろう、というささやきも聞きました」

「ほう」

「御老中の勢いさえ、いつかは衰えるものだ、という声も……わたしも日々、城中の動きを見聞きして、権勢を巡る争いを肌で感じることがあります」

歪めた息子の顔を、登一郎はしみじみと見つめた。知らぬ間に大人になったものだ……。

「ですから」息子は頷く。

「真二郎には言ったのです。時を待て、焦るな、と。いつか潮目が変わるときがくる、そうなれば真木家への見方も変わり、養子の口もくるに違いない。そう伝えました」

ううむ、と登一郎は唸った。潮目が変わる……確かに、いつかはそういう日がくるはずだ……。

「そなた」父は息子の肩に手を置いた。

「肝《きも》が据わったたな」

「はい」林太郎は顎を上げた。

「父上のおかげで多くを学びましたので」

ふっと、登一郎の息が漏れた。それが笑い声に変わっていく。

「ははは、そうか、頼もしい限りだ」

ぱんぱんと肩を叩いて、登一郎は頷いた。

林太郎も目元で笑う。

「そうなれば、わたしにもよい縁組みがくるはず。父上、時を待ちましょう」

林太郎はそう言うと、腰を上げた。

出て行く息子を見送って、登一郎は「うむ」と膝を叩いた。

遠ざかって行く足音と入れ違いに近づいて来る音が鳴った。

「旦那様」障子を開けたのは照代だった。

「よろしいですか」

「うむ、入ってくれ」

照代は座りながら、廊下を振り向いた。

「林太郎は晴れ晴れとした顔をしていましたね。よい話だったのですか」

「ああ、よい話を聞かせてくれたのだ」

「まあ……あの子もずいぶんとしっかりしてきましたから」

「そうさな、そなたのおかげだ、安心したぞ」

夫の笑顔に、妻は顔を斜めにした。

「安心なすってまた町に戻る、ということですか」

「うむ、明日、横丁に帰る」

頷く夫に、はあっと照代は息を吐く。

「そうかとは思ってましたけど」

「すまん、屋敷は退屈でいかんのだ。横丁ではやることが多くてな」

上目になった夫に「わかりました」と照代は立ち上がった。

「では、新しい着物を荷造りしておきましょう」

すまぬな、という声に、照代は半笑いの顔で廊下に出て行った。

二

湯屋を出た登一郎は、薄闇の広がった空を見上げ、長湯しすぎたな、とつぶやいて歩き出した。

すでに正月の飾りもとれた町を歩きながら、登一郎は北風に肩をすくめた。厚い袷《あわせ》の羽織を胸元に寄せた。せっかく温まった身体が冷えてしまう、と登一郎は足を速める。と、その顔を後ろに振り向けた。複数の足音が勢いよく近づいて来るのが聞こえてきたためだ。

男達が駆けて来る。

登一郎は端に避《よ》けようと、目を動かした。右か左か……。決めかねるうちに、先頭の男が登一郎にぶつかった。

その弾みで男は地面に転ぶ。登一郎も身を傾けたが、なんとか足で踏みとどまった。

転んだ男は腕を宙で泳がせて、顔を引きつらせている。

「大丈夫か」

登一郎は手を伸ばすと、男の腕をつかんで身を起こした。引きつったままの顔で見上げ、

「お助けを」

と、しがみついてくる。

足音はすぐ後ろに近づいていた。

登一郎は男を道の端へと押しやり、振り向く。

手に匕首《あいくち》を掲げた男二人が、走り寄って来る。額に傷のある男は、匕首を高く振りかざした。

太い眉の男は、転んだ男を目で捉えている。

「逃げられると思うな、吾作《ごさく》」

呼ばれた男は道の端で、ひいっ、と身を丸めた。

登一郎は腰に差した脇差しに手をかけた。

額に傷のある男が迫って来る。

脇差しを抜いた登一郎は、それに構えた。

匕首の刃が振り下ろされる。

登一郎はそれを刃で受ける。

太眉の男が、追いついた。

額傷の男は「やっちまえ」と声を飛ばす。

登一郎は身体を躱し、額傷の男を正面から蹴った。男は後ろに身を崩す。

その隙《すき》に、太眉の男へと刃を向けた。

振り上げた腕に峰を打ち込み、その峰ですぐさま脇腹も打った。あばら骨に当たる鈍い音に、男は身体を折った。

「てめえ」

額傷の男が身を立て直して向かって来る。

登一郎はそちらに刃を向けると、腰を落とした。

腕を振り上げた男の脛《すね》に峰を打ち込む。

骨に当たる音に足が止まり、崩れ込んだ。

登一郎はすかさず、その肩にも峰を打ち込んだ。

男二人の呻き声が漏れるが、ざわめきがそれを消した。

いつの間にか、周囲に人が集まっていた。

「お侍さん、今、お役人を呼びに行ってますから」

声が上がる。

男二人は顔を上げると、目を交わして匕首を鞘に納めた。

「ちっ、ずらかるぞ」

太眉の男は脇腹を押さえながら、走り出す。

「くそっ」

額傷の男も、足を引きずりながら、そのあとを追った。

登一郎は脇差しを納めると、皆を見た。

「騒がせた。追われた男がいたので助けたまでのこと。役人には適当に言っておいてくれ」

「いや、役人を呼んだってのはでまかせでさ」

上がった声に、

「そうか、かたじけない」

登一郎は笑って、足を踏み出した。皆も散って行く。

歩き出しながら、登一郎は、おや、と辺りを見回した。

吾作と呼ばれた男の姿がない。

逃げたか、とつぶやきながらも登一郎は目を配りながら歩いた。少し行くと、お、と足を止めた。

路地にしゃがみ込んだ吾作の姿があった。

「そこに隠れていたのか」登一郎が覗き込む。

「あやつらはもう行ったぞ。そなたも遠くに逃げたほうがよい」

へえ、と吾作はもっそりと出て来た。が、左右を見ながら立ち尽くす。

「どうした、追われているのなら、元には戻らぬほうがよいぞ」

登一郎はそう言って、歩き出した。

吾作はそのあとについて来る。

登一郎が振り返ると、吾作が止まる。

首を縮め、吾作は上目で登一郎を見た。

「行く所がないのか」

そう問うと、吾作はさらに首を縮めて頷いた。

けていた。

「へい」

ふうっ、と登一郎は息を吐いて、辺りを見回す。すでに闇が広がって夜が始まりか

「なればしかたがない、来い」

登一郎は顎をしゃくって歩き出すと、へい、と吾作は後ろについた。


「おや、お客さんですか」

迎え出た佐平が、吾作を見て首をかしげた。

「うむ、今夜ひと晩だけ、泊めてやってくれ」

「はい」と言いつつ、佐平は首を反対に曲げた。

「けど、布団をどうしましょうかね。うちには二人分しかないし」

「おっと、そうであったか」

そのやりとりに、吾作は首を振った。

「布団なんてなくてかまいやせん。畳の上で寝られるだけで十分でさ」

「そうもいかぬであろう」

登一郎の言葉に佐平も頷く。

「ええ、この寒さに布団なしじゃ、凍えてしまいます」

「お、そうだ」登一郎が手を打った。

「龍庵殿なら貸してくれよう、よく病人が泊まり込んでいるゆえ、余分があるはずだ」

「あ、そうですね、じゃ、ひとっ走り行って来ます」

佐平が出て行く。

「まあ、上がれ」

登一郎が促すと、吾作はおずおずと座敷へと上がった。家の中を見回しながら、背中を丸めて手をついた。

「どうもすいやせん、あ、助けてもらって、それもすいやせん」

登一郎は畳についた手を見つめた。

「名は吾作と呼ばれていたな、そなた、百姓か」

え、と丸くした目に登一郎は頷く。

「手が節くれ立っているし、体つきもがっしりとしている。この辺りの職人とは大違いだ」

へえ、と吾作は手を揉み合わせた。口ごもるようすに、登一郎は穏やかな声を返した。

「心配は無用だ。これ以上、詮索はせぬ」

それに吾作はやっと面持ちを弛めた。

戸が開き、布団を抱えた佐平が入って来る。

「貸してくれましたよ」

座敷の隅に置くと、さて、と佐平は手を払った。

「そいじゃ、晩飯にしましょうかね。といっても、煮物の残り物と湯漬けしかありませんけど」

佐平が向けた顔に、えっ、と吾作は目を見開いた。

「あっしもいただいていいんですかい」

「ああ」登一郎は笑う。

「腹が減っては眠ることもできんからな……おっとそうだ、そなた、怪我はしなかったか」

「へい」吾作は両手で身体を叩く。

「転んでけつを打っただけで、大丈夫でさ」

ぱんぱんと叩く音が響く。

「ああ、わかった、叩かんでよい」

登一郎は笑って止めると、吾作は「へい」と首を縮めた。

台所から、温めた煮物の匂いが漂ってきていた。

三

朝の冷気を吸いながら、登一郎は階段を下りて行った。

「おはようごぜえやす」

走り寄って来たのは吾作だった。襷掛けをして袖をからげている。

「おう、早いな」

登一郎が戸惑っていると、台所から佐平が首を伸ばした。

「吾作さんが竈に火をくべてくれたんですよ。助かりました」

いえ、と吾作は頭を下げる。

「一宿一飯《いっしゅくいっぱん》の恩義でさ。火を熾すのは馴れてやすし」

ほう、と登一郎は台所横の板間へと移りながら、ついて来る吾作を見る。

「どこかの店にでもいたのか」

「いや、店じゃなく……まあ、ちっと……」

言いよどむ吾作から、ふむ、と目を逸らし、登一郎は板間に敷いた二畳の畳の上に座った。

佐平が膳を運んで来ると、その前に置く。

え、と吾作は膳と登一郎を見た。

「ここで、召し上がるんで……」

「うむ、冬は竈に近いここが暖かくてよいのだ」

ほれ、と佐平は土間から箱膳を差し出す。

「これは吾作さんの分だ」

「え、あっしもいいんですかい」

戸惑う吾作に箱膳を押しつけると、佐平は自分の分を持って上がって来た。

「さ、いただきましょう。吾作さんもここへ」

佐平は登一郎の向かいに座り、隣を手で示した。

はあ、とおずおずと座った吾作は、二人を見ながら箸を取った。

登一郎は湯気を吹きながら納豆汁を啜《すす》る。

「うむ、冬はひときわ味噌汁が旨くなるな」

「ええ」佐平も啜る。

「身体がくわっとあったまりますね」

吾作は箸を手に取ったまま、二人の顔を交互に見ている。

「ん、どうした」登一郎が見返す。

「冷《さ》めてしまうぞ、遠慮はいらぬ」

「あ、へえ……ちいとおったまげたもんで」

吾作は慌てて手を動かしながら、佐平を横目で見た。

「さっき、佐平さんは中間《ちゅうげん》だって聞いたもんで」

「うむ」登一郎が頷く。

「屋敷からついて来てくれたのだ」

はあっ、と吾作は息を吐く。

「中間とこんな台所脇で一緒にご飯を食べるお侍様なんて、おら、初めて見たもんで……」

ああ、と佐平は笑う。

「うちの先生だけでしょう、そんなことをなさるのは」

はは、と登一郎も笑った。

「町暮らしを始めてから、小さいことは気にしなくなったのだ」

「へぇえ」吾作は穴子《あなご》の時雨煮《しぐれに》を口に入れた。

「あ、こりゃ、うめえ」

目を丸くすると、一気にご飯をかき込む。

登一郎は目を細めた。

「江戸の穴子は旨かろう」

へい、と吾作は頰を膨らませる。

「おらの在所は海がねえんで、江戸に来て初めて穴子を食って、いや、こんなうめえもんがあるのかと……」

ほう、と登一郎は頭の中に地図を思い起こす。海のない土地とは、下野《しもつけ》か甲州《こうしゆう》か、いや信州《しんしゆう》もそうか……。

「そなた、いつ、江戸に出て来たのだ」

登一郎の問いに、吾作は答える。

「二年くれえ前で」

「へえ」佐平が顔を向けた。

「仕事は見つけられたのかい」

「はあ、まあ、いろいろ……荷運びとか、荷揚げとか、荷下ろしとか……」

ははは、と登一郎が笑い出す。

「そうか、まあ、江戸には荷物が集まるからな」

「奉公は？」佐平が首をかしげる。

「火のくべ方も土間の掃除も手際がよかったが」

へい、と吾作は首を縮めた。

「人に誘われて、武家屋敷の中間部屋で下男をしてやした」

「ほう、武家屋敷か……そこは辞めたのか」

登一郎の問いに、さらに吾作は首をすくめた。

「へえ、いろいろあったもんで……逃げちまいました」

「逃げた……もしや、追われていたのはそのせいか」

「へい」

うなだれる吾作に、登一郎は手を上げた。

「ああ、よいよい、責めているわけではないのだ」

そうそう、佐平が頷く。

「ここはのっぴき横丁ですからね、悪いことさえしてなけりゃ、助けてもらえるんですよ」

「いや」登一郎は首を振る。

「多少の悪いことには目をつぶる所だ。なに一つ悪いことをせずに生きられる者などおらぬからな」

その言葉に、吾作がそっと目を上げる。登一郎はそれに目顔で頷いて、言葉を続けた。

「はずみや成り行きで悪事をしてしまうのは、珍しいことではない。そもそも、悪と思わずにしたことに、あとになって悪かったと気づくこともある。まあ、人の業のようなものだ」

ああ、と佐平が苦笑する。

「そりゃそうですね、誰だって思い返せば、ちっとはなんかしてるもんだ」

おう、と笑いを返す登一郎を見ながら、吾作は縮めていた首を伸ばした。

「あの、あとで掃除もさせてくだせえ。そうだ、布団も干さなきゃなんねえ。干すとこはありやすか」

ああ、と佐平は顎をしゃくった。

「出て左に行くと井戸があって、そこに物干し場がある」

へい、と吾作は頷く。

「おう、なればわたしは湯屋にでも行くとするか」

登一郎は空《から》になった飯碗を置いた。


湯屋から戻った登一郎は、ほう、と階段を見上げた。

吾作が丁寧に雑巾《ぞうきん》がけをしている。

襷を外した佐平が、それを見て笑顔になった。

「いやぁ、助かります。なんで、あたしは買い物に出て来ます」

「おう、行って来い。ついでに湯屋にも寄るがいい」

登一郎の言葉に、はい、と佐平は手拭いを手に取って出て行った。

さて、と登一郎は書見台を引っ張り出す。屋敷に戻った折、幾冊もの書物を持って来たため、それが積み重なっていた。どれにするか、と手に取っては迷う。と、その顔を上げた。

「ごめんくだされ」

表戸の障子に人影が映る。

「入られよ」

返した声に戸が開くと、入って来たのは同心の大崎だった。

「おう、これは大崎殿であったか」

迎え出た登一郎は「さ」と座敷を手で示した。

「いや、ここでけっこうです」大崎は上がり框に腰を下ろす。

「ちと、お知らせしたいことがあったもので」

ほう、と登一郎は腰を下ろした。

「あの盗人のことですかな」

「ええ」大崎は顔を歪めた。

「やつめ、死にました」

「む、それは……」登一郎の眉も寄る。

「責め問いのせい、か」

「それもあり、でしょう。しかし、一番は無宿牢《むしゅくろう》のせいです」

小伝馬町《こでんまちょう》の牢屋敷には、いくつもの牢屋がある。武士には武士の、女には女の、百姓には百姓の、とそれぞれの牢屋に分かれている。最も広い牢屋は大牢と呼ばれ、町人を入れるものだ。そこでは常に大勢が押し込まれているため、寝る場所を得ることもままならない。ために新参者は邪魔者として排斥《はいせき》される。こっそりと金を持ち込んだり、外から差し入れのある者は、それを差し出すことで受け入れられるが、そうでない者には容赦がない。入ったその晩に皆の手で息を止められてしまう、ということも決して珍しいことではない。さらに荒っぽいのが無宿牢だ。無宿人を入れる牢屋で、そこにいる男達は大牢の町人以上に容赦がない。

「そうか」登一郎は口を曲げる。

「無宿牢に入れられれば、盗人でもひとたまりもないか」

「ええ、初めは大牢に入れたらしいんです。が、責め問いで、なんとか名前を言わせたそうで、松吉《まつきち》と……まあ、おそらく出まかせでしょうが。それに続いて、無宿人だと吐いたそうで、牢を移されたということです。で、二日後には骸《むくろ》になったそうで」

「ふうむ、責め問いで弱った身体を痛めつけられれば、ひとたまりもあるまい」

「はい、そういうことでしょう。牢屋敷の役人も、もう少し手加減してくれればいいんですがねえ。せっかく捕まえたのに、死んでしまったら元も子もない、ってやつですよ」

大崎は首を振る。

「そうさな、牢屋敷の責め問いはやり過ぎだと、かねがね気になっていたのだが、こうなるとその思いが強くなるな」

町奉行所では、科人《とがにん》を罰するためには、自白が必須とされている。ために、重い責め問いも常になっていた。

登一郎が息を吐くと、大崎は我が意を得たり、というように、しかめていた顔を弛めた。

その面持ちで立ち上がると、大崎は姿勢を正して頭を下げた。

「せっかく捕まえていただいたのに、申し訳ないことでした」

「いや」登一郎は首を振る。

「大崎殿の落ち度ではない。わざわざの知らせ、かたじけない」

いえ、と大崎は顔を上げた。

「あの、また寄らせていただいてもよいでしょうか」

「おう、かまわぬ。話しをしよう」

はい、と笑顔になって、大崎は出て行った。

登一郎は見送って、ふうむ、と目を伏せた。盗人の顔が思い出され、顔を振った。

あの者にも親がいるであろうに……。

ふっと息を吐いて、立つ。と、おや、と家の中を見回した。

吾作の姿がない。

二階か、と上がってみたが、そこにもいない。

布団でも取り込みに行ったのか……。登一郎は外へと出た。

井戸端へ行くと、低い物干し竿に布団が干してあった。しかし、吾作の姿はなかった。

四

「ほう」と清兵衛は、自分の家で登一郎の話を聞いていた。

「では、その吾作とやら、いなくなってしまったのか」

問いながら、火鉢の上の鉄瓶から茶碗に湯を注ぐ。

「うむ」登一郎は頷く。

「そのまま、夜になっても戻って来なかったのだ」

頷きながら、紙の包みを開き、丸い煎餅《せんべい》を差し出した。

「ふうむ、十手持ちの姿を見て、逃げたのではないか」

清兵衛は湯気の立つ茶碗を登一郎の前に置いた。それを受け取って、登一郎は頷く。

「ああ、わたしもあとでそう思い至った。なにやら後ろ暗いところがあったのかもしれん。人のよさそうな顔をしていたゆえ、疑いもしなかったが」

ふむ、と清兵衛は煎餅を手に取り、嚙み砕いた。

「まあ、人は顔だけではわからん。謀《たばか》る者は笑顔で嘘をつくからな。お、この煎餅、旨いな」

「そうか、佐平が買ってきたのだ。そういえば佐平も、吾作がいなくなったのには、さして驚いていなかった。中間部屋に出入りするのは、半端《はんぱ》な男が多いから、と言っておったわ」

登一郎も煎餅を嚙み砕く。醬油の香りが口いっぱいに広がった。と、その口を動かすのをやめた。

「おや、声がするぞ」

振り向くが、表戸に人影はない。

ああ、清兵衛が横目を向ける。

「隣に客が来たのだろう」

並びには金貸しの銀右衛門《ぎんえもん》が住んでいる。

「最近、客がよく来る。皆、困窮しているのだろう」

清兵衛の渋面に、登一郎が頷く。

「なるほど、次々に出される禁止令で、仕事を失う者が増えているからな」

隣から、男の声が聞こえてくる。

「一分《いちぶ》でも、いや、二朱《にしゅ》でもいいんです」

清兵衛は煎餅をばりりと嚙み砕いた。

「このあいだなぞ、百文《ひゃくもん》を借りて行った男がいたわ」

「百文か、よほど切羽詰まったのであろうな」

「だろうな……老中水野はどこまでやるつもりなのか」清兵衛は登一郎を見た。

「公方様《くぼうさま》はどうなのだ、いまだに〈そうせい様〉なのか」

十二代将軍の家慶《いえよし》は、家臣の上申《じょうしん》に「そうせい」と返すばかりであったため、陰で〈そうせい様〉と呼ばれていた。

「ううむ、それは大御所様がおられた頃のこと……己の意はどうせ通らないとあきらめて、重臣らにまかせきっていたのだろう」

家慶の父家斉《いえなり》は、隠居したあとも大御所として権勢を振るっていた。政は己で采配《さいはい》し、将軍職を譲った息子には力を持たせなかった。

「しかし、大御所様が亡くなって、その重臣らを一掃したのだろう」

家慶が父に対してよい思いを抱いていない、というのは城中で密かにささやかれていたことだった。家斉の死去後、重用《ちょうよう》していた三人の重臣を家慶が罷免して追い払ったことで、やはり、と皆が頷き合った。それが一昨年、天保《てんぽう》十二年（一八四一）のことだ。

そして、家慶が政をまかせたのが老中首座水野忠邦だった。

「まあ」と登一郎は腕を組む。

「そうせい様と呼ばれたお人柄がどこまで変わられたかわからぬが、わたしがお城に出仕していた頃も、以前と変わらず描画《びょうが》に熱中しておられる、と聞いたことがある」

「ふうむ、絵か、雅《みやび》なことだ」

口元を歪めて笑う清兵衛に、登一郎も苦笑する。

「まあ、城中でも倹約は始めていたのだがな。上様の御膳にも倹約が及んで、好物の生姜《しょうが》が出されなくなったそうだ」

「ほう、生姜が好きなのか」

「うむ、魚料理などに添えるであろう、あれだ」

「谷中《やなか》生姜だな」

「さよう、しかし、それが膳から消えて、上様は激怒なさったそうだ」

頷く登一郎に、ぶっと清兵衛は噴き出した。

「ははは、生姜で激怒か」

上を向いて笑う。笑いながら、清兵衛は顔を戻し、片眉を寄せた。

「もっと別のことに激怒してほしいものだがな」

そうさな、とつぶやいて、登一郎も苦笑を深めた。


夕方。

湯屋から戻って来た登一郎は、横丁の入り口に佇む町人に目を留めた。

男は小さな包みを手にして、きょろきょろと左右を見ている。

「横丁にご用か」

登一郎に声をかけると、「はい」と顔を上げた。

「腕のよい錠前屋《じょうまえや》がいると聞きまして」

「ああ、ならば、あちらだ」

登一郎が手を上げて歩き出すと、男も後ろについた。見ると、手にした包みがほどけて、中にある錠前が見えている。

「錠前が壊れたか」

登一郎の問いに、男は首を振った。

「いえ、この錠前では心許なくなりまして、もっと頑丈な物に変えたいのです。昨夜、近所のお店に盗賊が押し入って、錠前が壊されたと聞いたもので」

「ほう、盗賊とは災難なことだ」

「はい、奥の戸を破られて、中にあった品物をごっそりと持って行かれたそうなんです」

「ふうむ、人には危害を加えられなかったのか」

それが、と男は顔を歪めた。

「手代が斬られて大怪我を負ったそうで。それに女中が人質に取られて、騒ぐな逃げるな、と脅されたそうです」

「ほう、それは質《たち》が悪いな」

「はい、なもので、うちももっと用心しなけりゃいけないという話になりまして……とりあえずは錠前を変えようと……」

「ふむ、よいことだ」

登一郎は自分の家の隣で、立ち止まった。

「ここが錠前屋だ」

中から金槌《かなづち》の音が聞こえてくる。

「作次《さくじ》さん、いるか」

大声を出すとその音がやんだ。

「お客人だぞ」

登一郎が戸に手をかけると、中からがらりと開いた。

首を伸ばした作次に、男が腰を折る。

「錠前が欲しいんですが」

「おう」と作次は背を向ける。

「入っておくんなさい」

小さく振り向くと、登一郎に「どうも」とつぶやいて、客を招き入れた。

登一郎は家に戻ると、壁の横に立った。

壁板が薄いため、耳を澄ませば話が聞こえてくる。

男は先ほどの話を繰り返している。

「ふうん」作次の声だ。

「で、それがこれまで付けてた錠かい」

「はい、さようで」

「どれ」

手に取る作次が目に浮かんだ。

「こんなんじゃ、手斧《ておの》の一撃で壊れちまうぜ」

「やっぱりそうですか、それじゃ、もっと頑丈なのをください」

「そうだな」

がちゃがちゃと音が鳴った。

「これなんざ、斧でぶっ叩いても壊れねえ」

作次の声が得意げな響きに変わる。

登一郎は微笑んで、壁から離れた。

五

翌日。

夕刻の道を湯屋から戻って来ると、登一郎は、おや、と目を凝らした。

横丁の入り口に人影が見える。一番端にある清兵衛の家の壁に身を寄せて、横丁を覗き込んでいる。

あれは、と登一郎は早足になった。

「吾作」

呼びかけると、吾作は「あ」と口を開けて、身を翻《ひるがえ》した。

走り出す吾作を、登一郎は追いかける。

「待て」

吾作は振り返った。と同時に、足捌きが鈍くなる。

走り続けた登一郎が、手を伸ばして袖をつかんだ。

「待てというに」

登一郎が袖を引くと、吾作は足を止めた。

息を整えながら、登一郎は手に力を込める。

「逃げずともよい、心配はいらぬ」

はあっと息を吐く登一郎の顔を、吾作は向き直って覗き込んだ。

「すいやせん、大丈夫ですかい」

ふう、と息を吸って、登一郎は顔を上げた。

「ちと走ったとて、なんでもない。それよりも、戻ったのなら家に来い」

「いいんですかい」

首を縮める吾作の肩を、登一郎はぽんと叩いた。

「ああ、気にかかっていたのだ、遠慮はいらぬ」

さあ、と促す登一郎に、吾作は背中を丸めながらも家に付いて来た。

「おや、お戻りで」

目をしばたたかせる佐平に、「すいやせんでした」と吾作は頭を下げる。

「まあ、どうぞ」佐平は笑顔で手招きをする。

「ちょうど甘酒を作ったとこですよ」

「おう、よいな、さ」

登一郎は吾作を座敷へと上げた。

湯気を顔に受けながら吾作は甘酒を口にする。

「や、こりゃうめえ」

目を細める吾作に、登一郎は笑みを向ける。

「同心が来たので驚いたのであろう、そなたのことは言うてはおらぬ。心配いたすな」

吾作の目を覗き込む。はてさて、と登一郎は思う。後ろ暗さはなにゆえなのか……。

うつむく吾作から目を逸らして、登一郎は言葉を繋げる。

「しかし、行く所があったのだな。なればよい」

「いや」吾作が顔を上げた。

「岡場所に泊まったんで……そいで、実は……」

もじもじと肩を揺らす。

「ふむ、どうした」

首を伸ばした登一郎に、吾作は懐から巾着を取り出した。

「こいつを盗まれそうになって……」

登一郎は巾着を見つめた。膨らんでいて、中が詰まっているのが見て取れる。

「なるほど、女にか、それとも……」

「同じ部屋の客で……気づいて取り返したんです」

安い岡場所では、一つ部屋に相客が普通だ。屏風《びょうぶ》で仕切るだけなため、盗みなども起きやすい。

「そんで……」吾作は上目で見つめてきた。

「これを……預かってもらえないでしょうか」

えっ、と登一郎は見開いた目を佐平と交わした。

「預かるって」佐平が言う。

「ここに置いといてくれってことかね」

「へい、だめでしょうか。ほかに信用できる所がなくて」

吾作は、佐平と登一郎を交互に見る。

「ふうむ」登一郎は顎を撫でた。

「金を預かるのはよいが、そなたはどうするのだ。そもそも、追われているのであれば、故郷《くに》に帰ったほうがよいのではないか」

へえ、と吾作は縮めた首を掻いた。

「それはいずれ……その前に、人を探さなけりゃならねえんで」

「人……ほう、誰を探しているのだ、男か女か。手助けできるかもしれんぞ、この横丁には顔の広い者も多いからな」

「女で」吾作が身を乗り出す。

「村の娘で名はおひさ、歳は十八になっていて、三年前に女衒《ぜげん》に売られちまって……」

「売られて……」登一郎は眉を寄せた。

「なるほど、それでそなた、岡場所に行ったのか。その娘の所か」

「いんや、おひさにはまだ会えちゃいねえんでさ。売られた娘は江戸で遊女にされるって聞いたもんで、一昨年、探しに来たんでさ」

「いやぁ」佐平が顔を振った。

「遊女じゃ、普通の人捜しってわけにはいかないでしょう……吉原《よしわら》にだって数百人はいるだろうし、岡場所なんぞ、どれほどあるか」

「うむ」登一郎が眉間をさらに狭める。

「江戸中に百数十はあると聞いている」

その言葉に、吾作は肩を落とす。

「やっぱり……いや、江戸に来てそれを聞いて、おったまげたんだけど……」

登一郎と佐平は、歪めた目顔を交わした。

「けんども」吾作が顔を上げた。

「なんとしても、探し出さにゃなんねえ。そうでなきゃ、帰れねえ」

ふうむ、と登一郎は腕を組んだ。

「その娘、おひさちゃんか、吾作さんのなんだ、妹か、それとも……」

「へえ……好いた娘で……いずれ夫婦《めおと》になろうと、言い交わしてやした」

まっすぐな目に、「そうか」と登一郎は顔を伏せた。

遊女は長生きできないのが普通だ。過酷な暮らしで命を削られ、瘡毒《そうどく》（梅毒）や労《ろう》咳《がい》（結核）などの病が弱った身体にとどめを刺す。それは江戸の者にはよく知られていることだった。気の毒だが、もはや生きているかどうか……。

口にできないその言葉を、吾作は汲み取ったように首を振った。

「おれぁ、あきらめちゃいねえんで。これまで、あっちこっちの岡場所を訪ね歩いて話を聞いたらば、ちゃんと年季を終えて足を洗った女もいるし、身請けされて抜けた女もいるってこってした。おひさは丈夫な娘だったから、きっとどっかで生きてるに違《ちげ》えねえんで」

ふうむ、と登一郎は顔を上げた。

「そうさな、夫婦約束をした男がいるのなら、それを支えに生き抜いているであろう」

「へい」

明るくなった吾作の目に、登一郎は頷いた。

「これまでずいぶんと探したのだな。吉原も深川《ふかがわ》も行ったか」

深川は公認されていない岡場所ではあるが、吉原に次ぐ大きな花街だ。

「へえ、根津《ねづ》も湯島《ゆしま》も、上野も神田《かんだ》も、それに千住《せんじゅ》や板橋《いたばし》の宿場にも……何十箇所も訪ね回りやした」

「へえ、そりゃすごい」

佐平が目を丸くすると、登一郎は「よし」と膝を打った。

「なれば、うちに泊まればよい。岡場所に泊まれば金がかかるであろう」

「い、いいんですかい」

吾作が畳に手をつき、額までつけた。

「そ、そりゃ助かりやす。そうなんでさ、岡場所には泊まりたくねえんです。秋まではずっとお寺や社《やしろ》の軒先で寝てたんですけど、冬になってさすがに凍えちまって……」

「ほう、それで中間部屋に入ったのか」

「へい」顔を上げた。

「うろうろしてたら声をかけられて……つい……で……」

再び顔を伏せて口をもごもごと動かす。

その先が言いにくいのだな、と登一郎は腹の底でつぶやいた。まあ、よい、と佐平に顔を向ける。

「すまぬが……」

「はい」と佐平は察して立ち上がった。

「そいじゃまた、龍庵先生のとこから布団を借りてきましょう」

胸を叩いて、佐平は外へ出て行った。

第三章　仲間割れ

一

朝の膳を片付けると、吾作はさっそく掃除を始めた。窓の桟《さん》まで丁寧に雑巾がけをしているのを見て、登一郎は声をかけた。

「それほどやらずともよいぞ、おひさちゃんを探しに行くのだろう」

いえ、と吾作は手を止めた。

「岡場所はどうせ昼にならなきゃ開かねえんで、朝のうちはせめて働かしてもらいやす」

「そうか。今日はどこに行くつもりだ」

「上野のまわりの小さなとこに行ってみようと思ってやす。まだ行ってねえ店もあるもんで」

「ふむ……探すときには、なんと尋ねているのだ。店ではおひさという名は使ってはおるまい」

「へい、遊女はそれらしい名をつけられるもんだって教えられやした。けど、遊女同士、仲良くなりゃ言うでしょう。それと、信州諏訪《すわ》の出で、顔が丸くて色が白くて、ちっちゃくてかわゆい娘って、尋ねてやす」

「ほう、在所は諏訪であったか」

「へえ、奥のほうの松木村《まつきむら》ってとこで。冬は雪が積もって真っ白になって、それが春になると、いっせいに草木が芽吹いて緑になって……」

吾作は笑顔になって手を動かす。

その惜しみない動きに、登一郎はよし、と立ち上がった。

土間に立つと表戸を開け、空を見る。屋根の上に昇った陽が、日差しをのばしている。

今日は風がないな、とつぶやいて、登一郎は箒を手に取った。

北風が吹き始めてから、早朝の掃除はやめていた。

鼻水を垂らして掃いているのを佐平が見て、「やめてください」と箒を取り上げたからだ。

外に出ると、久しぶりに竹箒を動かし始めた。

おう、気持ちがよいな……。登一郎は腕を大きく振る。と、それをやめた。

表から新吉が走り込んで来たのだ。腕には売り物の暦をかけたままだ。

「お、どうした」

登一郎の言葉に、新吉は足を止めた。

「土左衛門《どざえもん》が上がったそうで」

「溺死体か、どこだ、大川か」

「ええ、永代橋《えいたいばし》の橋桁《はしげた》に引っかかってるのを、舟が見つけて引き上げたそうです。下帯一丁の姿で、彫り物がすごいらしくて、野次馬が集まってるって話なんです。だから、おみねを連れて行ってみようと……」

「なるほど、読売のネタになるな」

読売の絵は女房のおみねが描いている。

「はい、そんじゃ」

新吉はまた走り出して、斜め向かいの家へと飛び込んで行った。

ふうむ、と登一郎は箒を土間に戻すと、奥へと声をかけた。

「佐平、ちと出かけてくるぞ」

「はぁい」

返事を背に受けながら、登一郎は表戸を閉めた。

大川の畔《ほとり》に着くと、人の輪がすぐに見つかった。

ざわざわと揺れる人垣の隙間から覗いた登一郎は、お、と声を上げた。

「大崎殿」

十手を手にした大崎が、輪の中心にいた。

「これは先生」

大崎の言葉に、野次馬が割れて、登一郎を中へと通した。

仰向けに横たわった男は確かに下帯だけの姿で、首から肩、手首まで彫り物が見えている。

町の男が伊達《だて》や粋《いき》を競って入れる入れ墨は、公儀からいくども禁止令が出されたが、守られた例《ためし》はない。

ほう、と登一郎も覗き込んだ。

脇腹を見た登一郎が、

「刺し傷だな」

とつぶやくと、大崎が頷いた。

「ええ、脇腹に刺し傷、首には切り傷があります。やった者は、端《はな》から殺すつもりだったということです」

変死の場合、町奉行所は検屍役《けんしやく》を出して遺体を検《あらた》めさせることになっている。しかし、川から上がった遺体は日数が経ったり姿が変わったりして、死因を調べるのが困難な場合が多い。ために、江戸も中頃から、溺死体は検屍を行わないようになっていた。殺す側にとってはそれが好都合となり、川に投げ捨てられる遺体も増えていた。

「そして」大崎が地面に置かれた縄を指さした。

「石を重しに縛り付けて放り込んだ。だが、石はすぐに外れてしまったために、浮かび上がったということですな」

「ほう、縄が縛り付けられていたのか」

登一郎の問いに、大崎が指で腹を示した。

「はい、胴にぐるぐると巻かれていました」

ふうむ、と登一郎は男を見る。三十過ぎくらいに見える身体は、腹の辺りがだぶついている。浮きやすそうだな……。

と、その目を野次馬に移した。新吉の姿が見て取れたからだ。

新吉は目を合わせると、にやりと笑い、その眼を下へと動かした。つられて追うと、目に入ったのはおみねの姿だった。しゃがんで、野次馬の脚のあいだから土左衛門を見て、手にした小さな巻紙に筆を動かしている。

なるほど、と登一郎は得心した。下からならよく見えるな……。

「大崎殿」登一郎は顔を向けた。

「この者、たいそうな彫り物ゆえ、背中にもありそうだ。身体をうつ伏せにすればそれも見えるのではないか」

「ほう、そうですな。そのほうが、身元が割れやすいかもしれぬ」

大崎は控えていた下役人に、「ひっくり返せ」と命じた。

役人が身体を返すと、野次馬からざわめきが上がった。

「おう、こりゃすげえ」

「尻にまで入ってるぜ、見事だな」

「や、見ろよ、宝船だぞ」

「ほんとだ、七福神《しちふくじん》までいやがる」

男達に混じって、登一郎も首を伸ばした。

普通、彫り物は勇ましい絵柄が多い。

「これは珍しい」

登一郎も湯屋で多くの彫り物を見てきたが、初めて見る絵柄だった。

しゃがんだおみねを見ると、身を乗り出して筆を動かしていた。

「そうですな」大崎も頷く。

「わたしも初めてです、宝船は」

野次馬のざわめきが高まっていく。

「こんな彫り物なら、すぐに身元を知るもんが名乗り出るんじゃねえか」

「いやぁ、どうだかな。こりゃどう見ても悪たれの仲間割れだろう」

「おうよ、名乗り出て仲間だとばれちゃたまんねえぜ」

「そうさ、仲間じゃなくとも、疑われちまうからな」

「そうそう、知っててもとぼけるだろうよ」

それらの声を聞きながら、大崎は苦笑してつぶやいた。

「皆、よくわかっている」

うむ、と登一郎も目元を歪めて笑った。

「戻ったぞ」

　戸を開けた登一郎は、草履《ぞうり》を脱ぎながら、がらんとした座敷を見た。

「吾作は出かけたのだな」

「ええ」出迎えた佐平が頷く。

「昼前に、おひさちゃん探しに出て行きました」

　佐平も登一郎も、会ったこともないおひさに親しみが湧き始めていた。

「そうか、せめて手がかりでも見つかるといいがな」

「そうですね。先生はどこに行って来なすったんで」

「ああ、土左衛門を見て来た」

　登一郎が火鉢の横に座ると、佐平は湯飲みに湯を注ぎながら首を振った。

「土左衛門……いやですね、こう言っちゃあ当人には悪いけど、見ると目に焼き付いちまいますよ。あたしも前に一度見たけど、もうこりごりです」

　うむ、と登一郎は湯飲みを受け取りながら苦笑した。

「確かに目に焼き付くな。しかし、今日の男は見事な彫り物をしょっていて、あれは見応えがあった。まあ、悪事の果て、という死に様ではあったが」

「へえ、そういや、前にも大川で浮かんだ死体がありましたね。盗賊の一味だったたって男で……」

「ああ、あった。やはり入れ墨で身元が割れて、盗賊の捕縛に繋がったのだ。したら、掟《おきて》を破ったために殺された、ということもわかってな」

「掟破りですか、どんな掟だったんですか」

「その一味では、吉原や岡場所に上がることを禁じていたそうだ。しがない町人が金回りがいいと、疑われるからな」

「はあ、なるほど。思いのほか慎重なんですね。それじゃ、殺された男は女を買った、と……」

「うむ、よりにもよって吉原に上がったそうだ。それが仲間にばれて、殺されたという話であった。見せしめでもあったのだろう」

「へえ、おっかねえ。けど、そのせいで一味が捕まったんなら、下手《へた》を打ちましたね」

「そうだな、その頃は盗賊の一味が増えて、取り締まりも厳しくなっていたからな。盗人を捕まえてみれば大名屋敷の中間部屋が根城《ねじろ》であった、というのが次から次に露《ろ》見《けん》して、御公儀としてもやっきになったのだ」

「はあ、大名屋敷から盗賊が仕事に出てた、なんざ、面目丸潰れですね」

「そういうことだ、それ以来、大名屋敷の中間部屋には目を光らせるようになったのだ。まあ、それゆえ、悪人は旗本屋敷に移ったという話も聞いたがな」

　登一郎は苦《にが》く笑う。

「はあ」佐平も笑う。

「悪事をする者は、抜け道を探すのに抜かりがないってこってすね」

　肩をすくめながら、さあて、と立ち上がる。

「中食にしましょう、あっつい雑炊《ぞうすい》を作りますよ」

　台所に向かう佐平に、登一郎は、おう、と頷いた。

二

　朝餉をすませると、吾作はさっそく掃除を始めようとした。

「まあ、そう急《せ》くことはない」登一郎は手で招き、火鉢の横を示した。

「ちと話しでもしよう」

　へえ、と吾作は雑巾を手にしたまま寄って来る。

　その横顔に、登一郎は横目を向けた。

「これまで方々《ほうぼう》回って、なにか手がかりのようなものは、なかったのか。噂でもなんでも」

「はあ……一回、諏訪の出の娘がいたってぇ話はありやした。深川から根津に売られて来た娘で。けど、顔のほっぺたに傷があったってこって、そいじゃおひさじゃねえと思って」

「ほう、深川の岡場所から移った、ということか」

「へい、岡場所から岡場所に売られるってのは、珍しくないそうで」

「ほう、そうなのか。して、その娘とは会ったのか。おひさちゃんではなくとも、同じ在所であればなにか知っているかもしれん」

「いえ、そんときにはもうその娘、根津からまた別のとこに売られちまったあとだったんで」

「そうか。売られるというのは、なかなか厄介だな」

「へえ、けど、おひさみてえな娘が死んだって話は出てきてないんで、あきらめちゃいやせん」

吾作は顔を上げた。

「そうだな、あきらめるのはとことん手を尽くしてからだ」

言いながら、登一郎は顔を振り向けた。

表から人の声が聞こえたからだ。

「先生、新吉です」

おう、と登一郎は膝を回す。

「入ってくれ」

はい、と戸が開いて、新吉が入って来た。懐が膨らみ、紙の束《たば》が覗いている。そこから一枚を抜き取ると、新吉は「はい」と差し出した。

「出来たてです」

新吉は眇めた目を奥の吾作に向ける。

登一郎は双方を見て「大丈夫だ」と笑みを作った。

横丁で読売を作っているのは秘密なため、新吉は用心深い。登一郎は吾作を目で示して、新吉に言った。

「わけがあってしばらく置いているのだ。口は堅い」

そうであろう、と吾作を見ると、大きく頷いた。

新吉は面持ちを弛めて、登一郎が広げた読売を指さした。

「そら、彫り物がよく描けてるでしょう。先生が土左衛門の身体をひっくり返すように言ってくだすったからですよ。おみねのやつ、宝船をせっせと写し取ってました」

「宝船」

吾作がつぶやいた。

うむ、と登一郎は読売を掲げて見せる。

吾作は膝で寄って来ると、読売に顔を近づけた。男の背にあった宝船と七福神が、おみねの筆によってはっきりと描かれている。

吾作は絵を指で差した。

「これ……この男が土左衛門なんですかい」

指先が小さく震えている。

「うむ、大川から引き揚げられたのだ」

登一郎が読売を差し出すと、吾作は身を引いた。その顔は引きつっている。

新吉と登一郎は目を合わせた。

「そなた」登一郎は吾作を見た。

「この男を知っているのか」

吾作は膝で下がっていく。

「いえ」ずりりと下がると、さっと立ち上がった。

「あっしは出かけるんで」

背を向けると台所へと走り、草履を突っかけて出て行った。

ふうん、と新吉は口を尖《とが》らせる。

「ありゃ、なんか知ってるふうですね」

ふむ、と登一郎も顔を歪めた。

ま、と新吉は踵《きびす》を返すと、顔を振り向けた。

「あたしは売りに行かないと……なにか、ネタになりそうな話があったら教えてください」

登一郎は黙って頷いた。


中食をすませた登一郎は、ぶらりと外へと出た。

神田から両国広小路《ひろこうじ》を抜けて、上野のほうへと足を向けた。いつも新吉らが読売を売る辻を巡っていた。

神田明神《みようじん》に続く坂を上り、門前を通り過ぎると、お、と登一郎は足を速めた。

明神脇の小さな辻に人が集まっている。

「なんたってその彫り物がすごいときたもんだ」

新吉の声が聞こえてきた。

人に囲まれた新吉は、いつものように深編み笠を被っている。

新吉らがしばしば売る御政道批判の読売は、すぐに役人が飛んで来るため、顔を見せるわけにはいかない。身元が割れれば、縄をかけられかねないからだ。御政道には触れない町の話題であれば、役人も黙認するが、やはり顔を覚えられてはまずい。新吉の横に立つ仲間の文七《ぶんしち》や久松《ひさまつ》も、同じように笠を被っている。

登一郎はそっと人の輪に近寄った。

読売を買った男らが、言葉を交わしている。

「おれぁ、見たぜ、この仏さん。このとおりの彫り物だったな」

「へえ、宝船たぁ、粋なんだか無粋《ぶすい》なんだか、わかんねえな」

「欲深なやつなんじゃねえか」

「おう、けど、こんな彫り物なら、彫り師がすぐに名乗り出るんじゃねえか」

「ばぁか、出っかよ。彫り師は口が堅いんだ。役人に訊かれたって、知らないでとおすだろうよ」

「そうさ、口の軽い彫り師なんざ、客がつかねえぜ」

口々に言い合いながら、輪を離れて行く。

文七らは、次々に伸びる手に、読売を売っている。
ふむ、売れているな……。と、見ていた登一郎は、はっと目を瞠《みは》った。
客の中に見た顔がある。吾作を襲った額に傷のある男だ。
登一郎は顔を背《そむ》け、横目で男を見た。
男は読売を買うと、すぐに人の輪を離れた。
登一郎も間《ま》を置いて、そっと抜ける。
男は読売を見ながら歩いていく。
登一郎は大きく間合いを取って、あとを追った。
外堀《そとぼり》沿いに出て、男は坂道を上って行く。と、その顔を小さく振り向けた。
登一郎は堀に顔を向けた。
男が足を速めたのが見て取れた。
気づかれたか、と登一郎は間合いを広げる。
水戸家《みとけ》の長い塀沿いに男は進んで行く。
塀が切れた先で、二股の道を右へと折れた。
登一郎は間合いを取ったまま、その二股に追いついた。
が、しまった、と登一郎は舌を打った。

道から男の姿は消えていた。

慌てて走り、その先の辻に立つ。道が分かれて、その先にも辻がある。

撒かれたか、と登一郎は息を吐いた。

左右に目を配りながら、登一郎は前に進む。小日向《こひなた》と呼ばれるこの辺りには、武家屋敷がずっと並んでいる。立派な門構えの旗本屋敷が多い。

登一郎は吾作の言葉を思い出していた。下男をしていたという武家屋敷は、この辺り、ということか……。

見回しながら、登一郎は辻を曲がる。が、男の姿は見つけられなかった。

三

翌日。

吾作は朝の掃除を手早くすませると、出て行った。

夕餉の膳から、ほとんどしゃべらずのままだった。

まあ、しかたあるまい、と登一郎はその姿を見送った。しゃべる気のない者に、無理矢理に口を開かせることはできまい……。

そう思いながら、登一郎は立ち上がった。

「佐平、ちと出かけてくるぞ」

「はあ、遠くですか」

「いや、近くだ」

登一郎は紙入れを懐に入れ、外へと出た。

手に風呂敷包みを持って、登一郎は横丁に戻って来た。

「龍庵殿、入ってもよいか」

戸に手をかけて声をかける。

「どうぞ」

返って来た声に、戸を開けて入って行くと、土間で足を止めた。

座敷に患者がいる。三十くらいのその男は、ちょうど着物を合わせているところだった。診察が終わったのだろう。

龍庵の弟子の信介《しんすけ》が、「どうぞ」と奥を示す。

「いや、ここでよい」

登一郎は上がり框に腰を下ろした。

龍庵は男に顔を向ける。

「少し待たれよ、今、薬を調合するゆえ」

「へい、すいません、そりゃあたしのための誂《あつら》えの薬ってこってすね。いや、ありがたいこって」

ぽんと額を打ちながら、男は笑顔になる。

「金平《こんぺい》さんよ」龍庵は苦笑した。

「あんたはいろいろな病が混じっているから、誂えるしかないんじゃ。酒はほどほどにせんと、臓腑《ぞうふ》が傷んでそのうちに飲めなくなるぞ」

「やや、それは困りますなぁ。そもそも、あたしが飲みたいわけじゃない、お客に飲め飲めと言われるもんで、断るわけにゃいかないときたもんだ。酒が飲めない幇間《ほうかん》なんて、お声がかからなくなっちまいますしねえ」

登一郎はそのよく動く顔を見た。ほう、幇間なのか……。

金平はまたぽんと額を叩く。

「けど、龍庵先生の薬を飲むと、身体が軽くなるんですよ。前に深川のお医者にもかかったんだけど、薬礼は高いのに、大して効きやしないときたもんだ。もう、あたしは龍庵先生だけが頼りなんで、よろしくお頼みしますよ」

ペラペラと回る舌に、龍庵は笑いながら薬を包む。

登一郎は金平に顔を向けた。

「深川からおいでか」

「はいな」と、金平は笑顔で頷く。

「幇間ひと筋十五年、もう骨の髄まで深川の水がしみ込んでるってやつでして、いや、水じゃなくて酒ですけどね」

ははは、と笑う。

「ほう、長いのだな」登一郎は吾作の話を思い出していた。

「深川に諏訪の出の娘がいたと聞いたのだが、知っていようか」

「諏訪、信州の諏訪ですかい、さあて、信州だの武州だの越後《えちご》だの奥州《おうしゅう》だの、娘はあっちこっちから来ますからねえ、こっちも郷《さと》まで訊きませんし、いや、聞いても忘れちまうってのもありますね、なにしろおつむが軽いもんで」

頭を振る金平に、登一郎は苦笑する。

「ふむ、方々から来るのであれば、いちいち訊いてもおられぬな。では、頬に傷のある娘はいなかったか。その娘も諏訪の出らしいのだが」

「頬に傷……ああ、そりゃ、切《き》られ松《まつ》ですわ」

「切られ松、男に切られたのか」

「いんえ、そういう評判にはなってたんですけどね、実のとこは違うんで。なんでも自分でやったらしいんですよ」

「自分で……またなにゆえに」

「いやぁ、そこまでは聞いてませんで」

「その娘、真の名はなんというか、知っているか」

「いんえ」金平は肩をすくめる。

「まあ、正直なとこ、娘らは在所や名を言いたがらないのが多いし、こっちも訊かないのが気遣いみたいになってますからねえ。遊女としてつけられた名とは別に、仇名や通名《とおりな》で知られるようになるのもいるし。切られ松も、ほんとは松雪《まつゆき》って名だったですけどね」

「ほう、そうなのか。しかし、根津に売られたと聞いたが」

「はい、それはあたしも聞きました。顔に傷をつけたせいで、子供屋の主に嫌われたみたいですよ、深川にはそぐわないってね。深川は御公儀に許されたとこじゃありませんけど、なあに、人気は吉原にも負けちゃいませんからねえ、子供屋の男衆はみんな誇りを持ってるんですよ」

「子供屋……」

「ええ、深川では遊女を子供って呼ぶんです。だから、置屋は子供屋っていうんですよ」

「ふうむ、そうなのか。しかし、売られた先の根津でも、また売られたという話であったが」

「おや、そうなんですか。まあ、そりゃ客がつかなかったか、逆に客がたくさんついたか、あるいは病にかかったってとこでしょうね。客がつけば高く売れるし、客が少なけりゃ安く売っちまうってやつです。岡場所じゃ娘は売り物ですからねえ、売り買いだって普通にされるんですよ」

「なるほど……その松雪、深川で親しくしていた娘はいなかったろうか」

「いやぁ」金平は首をひねる。「そこまではわかりませんや」

そうか、と登一郎は頷いた。

話が途切れたのを見計らってか、龍庵が振り向いて、金平に包みを差し出した。

「薬ができたぞ」

「はい、こりゃうれしやありがたや」包みを抱えて金平は頭を下げる。

「薬礼は次にまとめて」

そう言うと、登一郎にも会釈をした。

「すいませんね、お座敷がかかってるもんで、戻らなけりゃなりませんで」

「いや、いろいろ聞けた。礼を言う」

登一郎は身を引いて、金平を通す。

そいじゃ、と金平は笑顔を振り向けて出て行った。

龍庵が登一郎に向けて膝を回した。

「お待たせしましたな、ご用でしたか」

いや、と登一郎は風呂敷包みを解いて、中の箱を取り出した。

「菓子を買ってきたのだ。布団を借りている礼をせねばと思うてな」

ああ、と龍庵は笑う。

「そんなお気遣いはご無用、布団はまだありますから。けど、せっかくなので頂戴いたします」

弟子の信介が寄って来て、笑顔で箱を取り上げた。

登一郎も笑みを返して立ち上がった。

台所の竈の前で、登一郎は佐平の横に立った。

「どうだ、煮えてきたか」

はい、と佐平が蓋を取ると、鮪と葱の匂いが立ち上った。

「また、味噌にしましょうか」

「うむ、このあいだは佐平に食べさせてやれなかったからな、同じ味がよい」

「あれはいい匂いでしたね」

佐平が味噌を溶いていると、表の戸が開いた。

「すいやせん、戻りやした」

首を縮めて吾作が入って来る。吾作は昼前に出て行くが、戻りは薄暗くなってからだった。追われている身として、できるだけ人目を避けているのがわかった。

「おう」と登一郎は板間に上がる。

「ちょうどねぎま鍋ができたところだ」

はい、と佐平が鍋を持ってやって来た。

膳も整え、火鉢の鍋を囲む。

「さあ、食べよう」

箸を伸ばす登一郎の並びで、吾作は肩をすくめた。

入れ墨男の読売を見てから、吾作はほとんど話しをしなくなっていた。

「そら、遠慮はいらぬぞ」

登一郎の言葉に、吾作はさらに首を縮めた。

「あっしは湯漬けのおまんまだけで十分でさ」

「いや、よいから食べてみろ、身体が温まるぞ」

登一郎の言葉に、佐平も頷く。

「そうそう、ちゃんと三人分作ったんだから」

へえ、と吾作はおずおずと箸を伸ばした。

「うめえ……」吾作は目を細める。

「白いおまんまだってごちそうだってのに、こんなうめえもんまで食えるなんて……」

佐平は吾作を見た。

「百姓衆は白飯が食えないって聞いちゃいるけど、ほんとなのかい」

「へえ、そうでさ。白いおまんまが食えるのは盆と正月だけ、それだって食えないときがあるくらいで……」

ふむ、と登一郎は箸を止めた。

「作っているのに食べることができぬとは……普段は雑穀《ざっこく》を食していると聞いてはい

たが」

「さいでさ。稗《ひえ》とか粟《あわ》とか、ぼそぼそしたもんばかりで……江戸ではみんな白いおまんまを食ってるって聞いちゃいたけど、ほんとかよって思ってやした」

佐平と登一郎は、後ろめたい目顔を交わした。

「だもんで」吾作が続ける。

「江戸に来て、町の飯屋でみんなが山盛りの真っ白いおまんまをかっ込んでるのを見て、おったまげたもんでさ。江戸に出たもんが村に戻って来ねえわけが、ようくわかったで」

吾作は首を振った。

「さあ、食え」と佐平は鍋の鮪と葱を吾作の小鉢に移す。

へえ、と吾作は鮪をつまんで見つめると、ぼそりとつぶやいた。

「おひさだって、江戸に来てよかったのかもしんねえ」

ふむ、と登一郎は横目を向ける。

「おひさちゃんが見つかったら、どうするつもりか」

へえ、と吾作は押し入れに目を向けた。中には吾作の巾着がしまわれている。

「村を出たときは、おひさを探し出して、身請けして連れて帰ろうって思ってやした。

けんど、こっちに来て、人から話を聞いて、身請けにはいっぺえ金がいるってのがわかって……」

登一郎と佐平は黙って、吾作を見た。吾作はふっと苦く笑った。

「だもんで、働きはしたんだ。なんでもやろうって決めて……けんど、大した金は作れなかった」

吾作は鮪を口に入れる。

「ふむ」登一郎も押し入れを見た。

「だが、金はとってあるのだろう」

へえ、と吾作は頷く。

「せめて、ある分は渡してやりてえんで……したら、年季も早く終えられるかもしんねえし……」

「ああ、そりゃ喜ぶに違いない」

佐平の言葉に、吾作は泣き笑いのような顔を伏せた。

「けんど、年季が明けても、おひさはもう村にゃ戻らねえだろうな……江戸の暮らしのほうがいいに決まってる。こんなもんが食えるんだ」

佐平と登一郎は、また目を交わした。

なんと言えばよいか、と登一郎が考えていると、吾作が目を上に向けた。

「だけんど、とにかくもう少し、探してみるだ。せっかく、ここまで探し回ったんだから」

「うむ」登一郎は頷く。

「気がすむまでやるのがよい」

「へい」と吾作も頷く。

「すいやせん、けんど三月には帰りやす。そうすりゃ、田植えに間に合うし」

そうか、と登一郎は柱に貼った暦を見上げた。すでに一月も半分以上が過ぎていた。

箸を動かした吾作が「熱《あつ》っ」と声を出す。口に入れた葱から、芯が飛び出す。

はは、と登一郎は笑った。

「葱鉄砲だ」

やっ、と吾作も笑顔になって口を拭う。

ふむ、登一郎は目を眇めた。そのうち、入れ墨男のことも話してくれるかもしれぬ……。

「さあ、もっと食べるがよい」

登一郎はしゃもじの柄《え》を吾作に向けた。

四

昼下がりの表戸に、人影が揺れるのに登一郎は気がついた。と同時に、

「ごめんくだされ」

という低い声が聞こえた。

誰だ、と登一郎は立ち上がった。辺りを憚るような声は、横丁の者ではない。土間へと下りると、登一郎はそっと戸を開けた。

立っていたのは笠を被った武士だった。

武士はそっと笠の前を上げて、顔を見せた。

「おう、深瀬《ふかせ》殿であったか」

登一郎の声に、深瀬は左右を見て、

「入ってもよろしいか」

と、ささやいた。

「どうぞ、お入りくだされ」

登一郎が身を引くと、深瀬はするりと土間に入り込んだ。自ら戸を閉めると、深瀬

は息を吐きながら笠を外した。

「突然、申し訳ない」

頭を下げる深瀬を「なあに」と登一郎は座敷へと誘った。

「このような所だが、どうぞ」

座敷に上がる登一郎に深瀬も続き、誘われるままに火鉢の横に座った。

登一郎は改めて、その顔と向き合った。

深瀬は二千石の旗本で、勘定方の組頭を務めている。城中では時折、言葉を交わすつきあいだった。

「久しぶりですな」

登一郎は穏やかな声音を作った。用もないのに訪ねて来るほどの仲ではない。して、と問う目顔で言葉を待つと、深瀬は「実は」と口を開いた。

「真木殿に相談したきことがありまして……」

「ほう、どうしました」

言いながら、登一郎は火鉢の鉄瓶から茶碗に湯を注いだ。佐平は出かけていていない。

差し出された茶碗に口をつけて、深瀬は上目になった。

「のっぴき横丁なれば、盗品を探し出すことはできましょうか」

「盗品、とな」

「はい」深瀬は茶碗を置くと、顔を上げた。

「実は掛け軸が盗まれまして……辞めた中間《ちゆうげん》が持ち出したようなのです」

「中間が……盗んで逃げ出したということですかな」

「や、それが盗られる三日前に辞めたそうなのです。わたしは中間のことは家来にまかせているのでよくわかりませんが、辞めて屋敷を出て行ったと。その日、掛け軸や書物の虫干しをしたのです。が、すぐに空が曇ったために取りやめました。それはわたしも立ち会っていたのです」

「ほほう、雨が降っては台無しですからな」

「はい、その後に降ってきたのです。なので、日を改めて干したという次第で。縁側に並べまして、日と風に当てました」

「なるほど、では、そこから消えた、というわけですか」

「さようで。しまおうと片付け始めたら掛け軸が二幅、なくなっていたのです」

「二幅ですか、それを辞めた中間が持ち出した、と」

「ええ、おそらく。辞めたはずなのに、その日、屋敷で見た、という者がいたのです。

おまけに出て行く際には懐を膨らませていた、と」

「なるほど、それは確かに怪しい。初めの虫干しを知っていたのであれば、天気がよくなったらやり直す、ということも推し量れたであろう。その中間を手配した口入れ屋に行けば、居所が知れるのではないか」

「や、それが、確かめたところ、ほかの中間の口利きで入ったというのです。なので、居所も身元を保証する者もない、という始末で、もう、あとを追いようがなく困り果てまして……」

「どのような風体の男かはわからぬのか」

「中間部屋では大仏《だいぶつ》と呼ばれていたそうです。眉間に大きなほくろがあるということで」

「なんと、仏の顔で盗みをするか」

「まあ、似ているのはほくろだけで、顔つきは険しかったという話です」

ふうむ、と登一郎は眉を寄せた。

「かつて大名屋敷の中間部屋を根城にしていた盗人らが、旗本屋敷に移ったという話は聞いていたが」

「ええ、わたしも聞いてはいたのですが……いや、油断しました」

深瀬は拳を握ると、膝を打った。その顔を上げると、大きく口元を歪めた。

「実は、盗まれた掛け軸は大した値打ちはないのです。一幅は絵師の名も知れぬ物で、取り返さずともかまわない……ですが、もう一幅が、まずいのです」

「まずい」登一郎の眉が寄る。

「なにがどう……」

はい、と深瀬は顔を伏せた。

「その一幅は、その、絵ではなく書でして……家光公《いえみつこう》の御蹟《おて》と伝わる物で……」

三代将軍家光は、家康《いえやす》の孫だ。

「家光公の、それでは家宝ではないか。それは確かに大ごとだ」

「や、それが……」深瀬の頭が垂れる。

「そう伝わってはいるのですが……それはどうも偽りらしいのです」

「偽り、とな」

首を伸ばす登一郎に、深瀬は上目を向けた。

「あの、このことはここだけの話ということに……」

「むろんだ。のっぴき横丁では、人の事情を口外しないのが決まり」

はあ、と深瀬の顔が少し上がる。

「その書は、先祖が家光公からなにかの褒美として賜《たまわ》った、と伝わっていました。曾祖父は来訪客に、よく見せていたそうです。なので、祖父も同じように、自慢して見せていました。それはわたしも見て、覚えています。お客人の前で、床の間に誇らしげに掛けたものでした」

ふうむ、と登一郎は黙って聞く。

「なので」と深瀬は額の汗を拭った。

「父もやはり屋敷に来るお方に見せていました。が、ある日を境に、押し入れの奥深くにしまい込んだのです。わたしが訝《いぶか》って尋ねると、こう言ったのです。御祐筆《ごゆうひつ》をなさっているお方に見せたところ、これは偽物ゆえ、人に見せないほうがよい、と言われたと」

「御祐筆か」

登一郎は天井を仰いだ。城中で筆を執る役目の御祐筆は、書に精通している。歴代将軍の御蹟や花押《かおう》を見分ける目も持っている。

ふうっ、と深瀬は溜息をついた。

「考えてみれば、我が家の始まりは八百石の小身《しょうしん》。そこから御加増が重なって、二千石になった家です」

「ほう、そうであったか。御加増をいくども得るとは、立派ではないか」

「はあ、ですが、とても家光公から書を賜れるような家ではなかったはず。曾祖父はつい見栄を張って嘘を言い、あとに引けなくなって偽物を作らせたのではないか、と考えているのです。思い返せば、表装もさほど古びておらず、書の紙も黄ばみがなくきれいでした」

なるほど、と登一郎は城中でのつきあいを思い出していた。旗本は家格や血筋などを誇り、見栄を張り合う。刀自慢や印籠《いんろう》や根付の自慢、はては弁当まで張り合っていたのが甦った。

「まあ、そのようなこともありえぬことではないな」

「はい。曾祖母はよい家から嫁いできたそうで、その実家には家重公《いえしげこう》から賜った絵があったそうです。曾祖父は、おそらくそれに張り合ったのではないかと……」

絵を描くことを好んだ九代将軍家重は、家臣にそれを下賜《かし》することが多かった。賜った家では、それを家宝として誇る。

「なるほど、負けたくない気持ちはわかる気もする。しかし、まずいといわれるわけも、あいわかった。これまで多くの人に見せてきたゆえ、人手に渡るのは避けたい、ということですな」

「そうです」深瀬は上体を乗り出す。

「その書を探し出して、取り戻したいのです。真っ赤な偽物を深瀬家では御真筆として家宝にしていた、などと知れ渡ったら、末代までの恥……なんとか取り戻す方法はないでしょうか」

畳に手をつく深瀬に、登一郎は家の向かい側に顔を向けた。斜め向かいは口利き屋利八《りはち》の家だ。顔が広く、なんにでも相談に乗り、相手に談判などをしに行く。捜し物を頼む者も少なくない。頼むか、と考えてから、いや、と登一郎は顔を戻した。

「掛け軸探しなら、心当たりがある。すぐに、というわけにはいかぬと思うが、わたしが動いてみよう」

「真ですか」深瀬は顔を上げた。

「お願いします。すぐでなくとも、待ちます。取り戻せさえすればよいので」

「うむ、では、動いてみよう」と言いながら、柱の暦を見る。

「もう一月も残り少ない。二月に入ったら、また訪ねて来られようか」

「はい」深瀬の背筋が伸びた。

「かたじけのうございます」

勢いよく低頭し、額が畳につきそうになる。

「いや」と登一郎は慌てて手で制した。

翌日。

登一郎は古道具屋へと足を向けた。以前に来たときと同じく、店の中には多くの品が並び、壁には掛け軸が掛けられている。

中に入ると、帳場台の主が顔を上げた。

「いらっしゃいまし、なにかお探しで」

うむ、と近づいて行く登一郎に、「ああ」と主は笑顔になった。

「いつぞや鉄鍋をお買い上げいただいた……」

「そうだ、覚えていたか」

「はい、いかがですか、あの鍋の使い心地は」

「うむ、よいぞ、ねぎま鍋がよく煮える」

答えながら、登一郎は壁へと寄って行き、掛け軸の前に立った。

「今日は掛け軸でございますか」

主は帳場台から下りて来て、隣に並んだ。

「実はな」登一郎は懐から紙切れを取り出した。

「書の掛け軸を探しているのだ。書かれているのはこれでな、家康公の御遺訓《ごいくん》の一節なのだ」

深瀬が去り際に置いて行った紙を広げる。

ほう、と主はそれを読み上げる。

「勝つ事ばかり知りて負くること知らざれば、害その身にいたる……なあるほど、勝ちしか知らなけりゃ、驕《おご》りが身を滅ぼすってこってすね」

「うむ」登一郎は学があるな、と感心して主を見た。

「掛け軸として表装されているのだ。松葉色と金の錦が上下にあるそうで、こう、横に長い物なのだ」

深瀬に聞いたことを伝える。

「はあ、さいで……いや、うちにはありませんね」

首を振る主に、登一郎は声を低めた。

「ふむ、実はな、その軸、ある屋敷から盗まれたゆえ探しているのだ。さほど値打ちのある軸ではないのだが、持ち主にとっては大事な物ゆえ、なんとしても取り戻したいのだ。主、古道具屋はほかの店とも品物を融通し合うと、客と話しておったであろう」

「はあ、よく覚えておいでで」

「うむ、耳に残ったのだ。ために、訪ねて参った。ほかの古道具屋にも訊いてみてはもらえまいか」

「なあるほど、そういうこって」主は腕を組んで顔を巡らせた。

「まあ、あたしはつきあいが広いんで、あっちこっちに声をかけることはできます。けど、書なら浅草や深川じゃあないなぁ、あの辺は絵しか売れない。書は武家屋敷の近くじゃないと……」

主は目を上に向ける。

「なるほど」と、登一郎は頷く。

「それで当たりがつけられるわけか」

「まあ、だいたいですがね」主は目を戻した。

「で、それを見つけたら買い取ればいいんですか」

「うむ、頼む。一両まで出すそうだ」

「一両、そら、豪気《ごうき》なこって……や、けど値打ち物じゃないとさっきおっしゃいましたよね」

「うむ、まあな」

登一郎が苦笑すると、主は手を打ち鳴らした。

「いや、値打ちってのは買う人が決める物。ましてや古道具には、いろんなわけがあるってもんです。ようござんす、探しましょう」

「そうか、頼む」

「はい」と主は胸を叩いた。

「まあ、何日か経ったら、ついでの折に覗いてみてください。そのときに見つかっているかどうか、わかりませんが」

「承知した、頼んだぞ」

登一郎はそう言って背を向けた。

店を出る登一郎の背に、「まいどありい」という声が飛んだ。

五

薄闇が広がった表から、

「ただいま戻りやした」

と、吾作が帰って来た。

「おう」と、登一郎が書見台から顔を上げると、吾作はのっそりと近づいて来た。

「あのう、ちいと話したいことが……」

きたか、と登一郎は膝を回して向き合う。

「なんだ、話してみよ」

へい、と吾作は伏せた顔から上目になった。

「ずっと言おうかどうしようか迷ってたんですけど……土左衛門で上がった男のことで……」

「うむ、宝船の男だな」

「へい、あの彫り物、見たことがあるんでさ」

「どこでだ」

首を伸ばす登一郎に、吾作は肩をすくめた。

「あっしが中間部屋の下男になったのは、あの権造《ごんぞう》さんに誘われたからで……」

「あの者、権造という名か」

「へえ、ほんとの名かどうかはわかりやせんが」

「ふむ、で、どこで知り合ったのだ」

「神田明神でさ。軒下を借りようかとうろうろしてたら、声をかけられて、行くとこがねえのかいって……で、飯をおごってくれて湯屋にも連れてってくれて、あ、そんときにあの彫り物を見たんでさ。見事なもんだからおったまげて、じろじろ見ちまいました」

「なるほど、それで覚えていたのだな。で、下男の口利きをしてくれた、ということか」

「さいで。大きな武家屋敷の裏門から入って、中間部屋ってとこに連れて行かれて……そこで中間の一人に引き合わされて、権造さんは帰って行きやした」

「ほう、そこの中間というわけではなかったのか」

「へい、それきりで……や、けんどもまた会って……」

吾作は首を縮めた。歪めた顔をさらに伏せると、もごもごと口を動かす。

登一郎はそのようすを見つめながら、言葉を待った。

ちらり、と吾作の目が動き、「あのう」と声が漏れた。

「これはお役人に知られると、まずいっていうか、なんてえか……」

「ふむ、役人には言わぬ。安心して申せ」

穏やかな声音を作った登一郎に、吾作は少しだけ面持ちを弛めた。

「へえ、そいじゃ……ええと、そこで引き合わされた中間が長兵衛《ちょうべえ》だったんでさ、額に傷のある」

「あの追って来た男か」

「へい、あっしの面倒を見てくれて、んで、しばらくしたら、外の仕事を手伝えって言われやして……運ぶだけでいいからって話で」

「運ぶ、とはなにをだ」

「それが……お店に入って、そっからブツを運び出すってやつで……」

はっ、と登一郎は目を見開いた。

「それは盗みに入るということか」

へえ、と吾作は肩をすくめる。

「や、あっしはよく呑み込めなかったんでさ、ついてくればいいって言われて、で、夜、ついて行ったら大きなお店で、そこでまた権造さんとも会ったんでさ。ほかにも何人か集まってて……」

なんと、と登一郎はつぶやいた。小さな悪事はしているだろうと思ったが、小さいどころではないな……。

「して、押し入ったのか」

「やっ、押し込みだなんて思わなかったんでさ、ちいと盗みはするけど、人を害したりはしないって話だったし……」

「いや、れっきとした押し込みであろう。それに引き込まれたということか」

へい、と吾作は頷いた。

「あっしは一番あとからついて行って、荷物を手渡されて外に運ぶ役で……けど、中から人の声が聞こえて、誰かを殴ったり、ぶっ飛ばしたりしてるのがわかって、あっしはおっかなくなって、隅に隠れてやした」

ふう、と登一郎は息を吐いた。

「小間物屋の押し込みだな。で、逃げたのだな」

「へい、みんな散り散りに逃げて、あっしは長兵衛と一緒に屋敷に逃げ帰ったんでさ。もう、どうしていいか、わかんなかったもんで」

「なるほど」

登一郎は腕を組んだ。

背中を丸めた吾作は、肩まですぼめて登一郎をちらりと見る。その姿に哀れを感じて、登一郎は腕をほどいた。

「では、そのあと、恐ろしくなって中間部屋を逃げ出したということか。それでわたしと会った、と」

「そういうこって」吾作が顔を上げる。

「盗みだってとんでもねえのに、人をぶん殴るだのなんだの、そんなの滅相《めっそう》もねえ、もうやりたくねえと思ったんで」

「ふうむ、わかった。そなたを追って来た二人は、同じ中間部屋にいたということだな」

「へい、長兵衛ともう一人が松五郎《まつごろう》って男なんでさ。こっそり抜け出したのに、気がつかれちまって……」

「そういうことか……いや、ではその武家屋敷、小日向にあったということか」

「へえ、そんなような……近くにでっかいお屋敷があって、それが水戸様だって聞いたのは覚えてるんだけんど」

「中間部屋の武家の名は、主はなんという名であった」

「ええ、と……確か佐々木《ささき》家だか、佐藤《さとう》家だったような……」

ふうむ、と登一郎は胸中で独りごちる。いずれにしても、主は中間部屋に盗人がいたとは知るまい……。

「いや、よく話してくれた」

登一郎の穏やかな面持ちに、吾作も目元を弛めた。

「言えば捕まっちまうんじゃないかと、ずっと迷ってたんで。けんども、言わねえと、次の押し込みが起こっちまうと思って」

「次の、それはどういうことだ」

「へえ、長兵衛らはひそひそ話してたんでさ。次は薬種問屋《やくしゅどんや》だって」

「薬種問屋、店の名はわかるか」

「千亀堂《せんきどう》って言ってやした。景気がいいとか、蔵が二つあるとか、そんな話をしてやした」

登一郎は、顔を日本橋の方向へと向けた。薬種問屋は日本橋に集まっている。家康が江戸の町を作る際に、薬を重視して城の間近に土地を与えたためだ。

「あのう」吾作が上目を揺らす。

「あっしが漏らしたってのは、どうか……」

「うむ、わかっている。心配するな」

登一郎が頷くと、吾作はほっとした顔を上げた。


翌日。

吾作が出て行ったあとに、登一郎は家を出た。

神田の道を歩きながら、周囲に目を凝らす。黒い羽織に目を留めるが、それは職人だった。

どうする、と自問する。南町奉行所に行ってみるか……。が、これまでに見て来た役人の姿が目に浮かんだ。贅沢禁止を掲げて、町人相手に無体な取り締まりをしていた役人の顔は、義よりも出世の欲に燃えていた。

あのような者らに会いたくない、と腹の底でつぶやきながら、登一郎は辻を曲がった。

道の先に自身番屋が見えてきた。

「ごめん」と登一郎は戸を開けた。

番をしている町役人が、火鉢の横で顔を向ける。

「はい、なにか」

「うむ」中を見回す。

「南町同心の大崎殿は来られたか」

「いえ、今日はまだ」

同心は自身番屋に立ち寄ることになっている。

「そうか」登一郎は上がり框に寄って行く。

「では、待たせてもらう、かまわぬか」

「はい、どうぞ」

役人は火鉢をずいと押して、登一郎に近づけた。

第四章　盗賊一味

一

朝の膳を片付けて、吾作は掃除を始めた。

登一郎は佐平に目配せをする。佐平は目顔で頷いて、勝手口の土間に下りた。

表戸を見た登一郎は、そっと土間に下りた。人影が映っている。

戸を開けると、するりと大崎が入って来た。

吾作がそちらを見て、手にしていた雑巾を落とした。

「なっ……欺したんだな」

登一郎を睨むと、台所へと身体を回した。が、勝手口では、佐平が両手を広げて立っていた。

登一郎も表戸を押さえて吾作に声を投げる。

「大丈夫だ、落ち着け」

目顔で大崎を促して、共に座敷へと上がった。

肩をすぼめて立ち尽くす吾作に、登一郎は大崎を手で示した。

「南町の同心で大崎殿だ。そなたのことは話してある。お縄をかけに来たわけではないから、安心いたせ」

「うむ」大崎はゆっくりと歩み寄った。

「話を聞かせてもらいたいのだ。そのほうの罪は問わぬ」

え、と吾作は向き直った。

「それは、ほんとですかい」

「ああ、そなたはすでに盗賊仲間から抜けた者、さらに賊の秘密を明かしてくれたのだ。そういう者は殺しなどしていない限り、罪に目をつぶってもかまわんことになっている」

はあ、と吾作から肩の力が抜けていくのが見て取れた。

「まあ、座ろう」

登一郎の言葉に、三人は腰を下ろした。登一郎はわざと輪のように座って、吾作と向き合わないようにした。

「実はな」登一郎が口を開く。

「昨日、そなたから聞いた話を大崎殿に伝えたのだ」

「うむ」大崎が頷く。

「で、さらに詳しく聞きたいと思ってやって来た、というわけだ。小間物屋に押し込みに入ったとき、何人だった」

「へえ、確かあっしのほかは五人で」

「同じ中間部屋の長兵衛と松五郎という者も一緒だったのだな」

「へい、あっしは二人に連れて行かれたんでさ」

「ふむ、では、もう一人は土左衛門で上がった権造だったのか」

「さいで。別れたきりだったけど、すぐにわかったんでさ」

「なるほど、では、あとの二人は」

ええ、と吾作は首をかしげる。

「頬被りをしてやしたし、見たことのない顔でした」

あ、と登一郎は声を漏らした。

「そのうちの一人がうちに忍び込んだ男ということか」

大崎が頷く。

「ええ、おそらく松吉と名乗った者でしょう」

「へっ」と吾作は頓狂《とんきょう》な声を上げた。

「ここに入ったんですかい」

「うむ、勝手口から入り込んだのだ」登一郎は目で裏を示す。

「で、金を出せと言いおった。捕まえてやったがな」

「へぇえ、じゃ、牢屋に入ってるんですかい」

「いや」大崎は目を歪める。

「もう死んだ。牢屋は厳しい所でな」

ひえっ、と吾作は首を縮めた。

大崎はその顔を見つめる。

「頭《かしら》は誰であった」

「頭……」

吾作は顔を傾けた。

登一郎も、頭、と胸中でつぶやいた。そうか、盗賊には頭がいるものか……。

「いやぁ、それは」吾作が反対側に顔をひねる。

「わかりやせん」

ふうむ、と、大崎は懐から畳んだ紙を取り出した。

「中間部屋があった屋敷は佐々木家か佐藤家、ということだが」

「へえ、いや、そこんとこははっきり覚えちゃいねえんですが」

首を振る吾作の前に、大崎は紙を広げた。切絵図《きりえず》だ。

「小日向の辺りが描かれている。よく見てくれ、こっちが神田明神、ここが水戸家のお屋敷、そなたのいた屋敷はどの辺か、わかるか」

ええ、と吾作は覗き込む。

「坂ぁ上って、二股を右に行って、そっから……」

指で絵図をなぞっていく。

「あぁ、ここいら辺じゃねえかな、たぶん、だけんども」

指をぐるりと回した。

ふむ、と大崎も顔を寄せ、登一郎も続いた。

絵図には武家屋敷の主の名が細かに書き込まれている。

あ、と大崎は指を下ろした。

「佐川《さがわ》家、これではないか」

「佐川」吾作が顔を上げた。

「そういや、そんな名だったような……」

ふむ、と大崎は絵図を畳んだ。

「おそらく間違いあるまい」

「なるほど」

登一郎はつぶやく。さすが捕り方だ、探索に無駄がない……。

「しかし」大崎は吾作を見た。

「早々に逃げ出したのは賢明だったな。そなたは捨て駒として拾われたに違いない。続けていれば、いずれ逃げる際に取り残されて、お縄になったことだろう」

「おう、そうか」登一郎は手を打った。

「捨て駒が捕まっているうちに、ほかの者が逃げきるという寸法か」

「ええ」大崎が頷く。

「そのために、捨て駒にはよけいなことは教えないのです。松吉も駒だったのかもしれませんな」

ひっ、と吾作は肩をすくめた。

「おっかねえ」

「うむ」大崎が眉を寄せる。

「だが、よく薬種問屋の話を聞いたな。千亀堂を狙っているというのは、確かに聞いたのだな」

「へい、長兵衛と松五郎が隅で話してるのを、寝床の中で聞きやした」

「そうか、寝ていると見て油断したのだな」

ふん、と鼻を鳴らす大崎を、吾作は上目《うわめ》で見た。

「あの、けんど、あっしがばらしたってのは、くれぐれも……」

「わかっておる、上にも言わぬ。吟味が始まれば、吾作はすでに江戸を逃げ出したということにするゆえ、安心せい。こちらにも仁義はある」

「はあ、ありがとうごぜえやす」

そう言って手を合わせる吾作を見ながら、登一郎は大崎に向いた。

「このこと、上に知らせるのだな」

「ええ、狙われているとわかれば、こちらも手を打たねばなりません。南町の与力にも気概のあるお方がいますから、さっそく伝えます」

大崎は登一郎に膝を回した。

「わたしどもにお知らせくださり、かたじけのうございました」

「なに」登一郎は笑みを作る。

「大崎殿の心意気に惚《ほ》れたのだ。正直、南町の役人は、皆、奉行の命《めい》に従うばかりと思うていたからな」

ふっと、大崎は歪んだ笑いを浮かべた。

「町じゅうでそう思われているでしょうな。しかし、わたしのような下《した》っ端《ぱ》同心にも、まっとうな意地があることを示して見せます」

大崎は一つ礼をすると、立ち上がった。

「うむ、その意気だ」

登一郎は声を高めて、背中を見送った。

中食の湯漬けをかき込むと、吾作はいつものように頬被りをして出て行った。

登一郎もひと息入れてから、外へと出た。

男らが威勢よく行き交う神田の町を抜けて、日本橋へと足を踏み入れた。

奢侈禁止令が出て以降、店先からきらびやかな着物がなくなり、色鮮やかな錦絵も消えた、が、人通りは相変わらず多い。

その表通りから辻を曲がって、登一郎は足の運びを緩めた。

大店《おおだな》の看板を見ながら、ゆっくりと歩く。

この辺りには薬種問屋が並んでいる。店の間口も広く、二階屋も立派だ。脇から首を伸ばすと、奥には蔵も見える。

登一郎は口中でつぶやいた。薬九層倍《くすりくそうばい》とはよく言ったものだ……。

薬は仕入れ値の九倍の値で売るぼろ儲けの商売だ、と町で言われている言葉だ。

店には医者と見える男が出入りしている。薬屋らしい町人も出入りする。

ふむ、と登一郎は周囲を見回した。

周辺には、小さな薬屋も点在している。

医者に払う薬礼《やくれい》は高価なため、豊かではない町人は、売薬《ばいやく》ですませてしまうことが多い。医者の中には、まともな医術を修めておらず、売薬を渡してすませる者もいる。

小さな薬屋にも、頻繁《ひんぱん》に客が出入りしている。

目を戻した登一郎は、おや、と足を止めた。

千亀堂、という看板が目に飛び込んできた。

ここか、とその店と向き合った。

薬種問屋のなかでは、一番外れにある。が、店の造りは立派で、奥に見える蔵も二棟並んでいる。

なるほど、この立地ゆえに狙ったのだな……。登一郎は首を伸ばして蔵を見る。中には千両箱がありそうだ……いや、薬もあるのだろう……。

ゆっくりと店へと近づく。

横から身なりのよい、薬箱を持った医者が追い越して入って行った。

ふむ、とそれを見送る。どこぞの大名家の奥医師かもしれんな……ああ、そうか……。登一郎は胸の内で手を打った。蔵には朝鮮人参《ちようせんにんじん》もあるのだろう……。

朝鮮人参はその薬効の高さから、八代将軍吉宗《よしむね》が国内での栽培を奨励《しようれい》した。将軍が種を分けたことから御種人参《おたねにんじん》とも呼ばれるようになり、流通するようになっていた。しかし、栽培の難しさから価格は高く、良質の物は十両、二十両、さらに上、というほどの高値で売られている。

登一郎は塀の向こうに見える蔵の白壁を見ながら、つぶやいた。人参飲んで首くくる、とはよく言ったものだ……。

病を治すために人参を呑んだのに、薬代が払えずに首をくくる羽目になる、というのを皮肉った言葉だ。

登一郎は店の横へと足を向けた。

板塀で囲われていて、狭い路地になっている。そこを抜けて裏へと回る。裏には小さな戸がついていた。そっと手で押すと、戸は動く。と、その戸が内側に開いた。中から奉公人が出て来たのだ。

わっ、と相手が驚きの声を上げた。

登一郎の姿を上から見ると、

「あぁっと、なにかご用で」

かしこまって言った。

登一郎は「いや」と首を振る。

「その、薬のよい匂いがする、と思わず足を止めたのだ」

「はあ、あたしどもは薬種問屋なもので。あの、お薬なら、表にどうぞ」

「おう、そうか。わかった」

登一郎は頷いて歩き出す。

奉公人は反対側に走って行く。

登一郎は振り返った顔を蔵へと向けた。

立派な屋根が、並んでいた。

二

朝の掃除の手を止めて、吾作が振り返った。

「あのう」という声に、登一郎も顔を向けた。

「ふむ、なんだ」

へい、と吾作が寄って来る。

「昨日、お役人と話して思い出したんでさ。あの権造さんのこと……湯屋で聞いた話なんだけんども、権造さんは捨て子だったそうで、名主《なぬし》の家で育てられたって言ってやした」

「ほう、そうだったのか」

江戸の町には捨て子が多い。武家屋敷の門に捨てられればその屋敷で、寺社に捨てられればその寺社で、町の片隅に捨てられた子は、町名主が育てることに決められていた。

吾作は顔をしかめて言葉を続けた。

「けど、ろくなもんを食わせてもらえなかったって話で。そんで、七つになったらどつかのお店に小僧として出されて、そこでもいつもひもじかったたって……」

「ふうむ、それは不憫《ふびん》なことだな」

「へい、あっしが背中の宝船を褒めたら、そんな話になって。なもんで、権造さんは小《ち》っせえ頃から、いつか大金を稼いでみせる、と思ってたそうで」

「なるほど、それゆえの宝船であったか……なにゆえに殺されたか、それは心当たりがあるか」

登一郎の問いに、吾作は小さく頷いた。

「へえ、あっしは押し込みのあと、分け前ってえか、小遣いをもらったんですけど、そんときに長兵衛から言われたんでさ、岡場所には上がるなって。金払いのよさを人に知られちゃならねえ、それに、男は女を相手にすると自慢話をしたくなるもんだからって」

「ふうむ、それは盗賊の掟のようなものなのだな」

「そうみてえで。権造さんは金をつかんだら女を身請けするって言ってたんで、通う相手がいたんじゃねえですか」

「そういうことか」

登一郎は腕を組んだ。

「や、すいやせん」吾作は腰を上げた。

「つまんねえ話をしちまって」

いや、と、首を振った登一郎は、それを後ろへと振り向けた。

足音が駆けて来るのが耳に入ったからだ。

「ごめんくだされ、大崎です」

おう、と立ち上がった登一郎は、おや、と戸の障子を見た。人影がもう一つ、やって来たからだ。

「お入りくだされ」

声を投げかけると戸が開き、二人が入って来た。

大崎が先に入れた男を手で示す。

「与力の笠原《かさはら》様です」

「笠原宗右衛門《そうえもん》と申します。お見知りおきを」

礼をすると、顔を上げた。大崎と同じように黒羽織の下は着流しだ。町奉行所では、与力も町の巡視では軽装になる。

「どうぞ、お上がりくだされ」

登一郎の手招きに、二人は座敷に上がる。

吾作は肩を狭《せば》めて、じりじりと後ろに下がっている。

笠原はそれを見て、手を上げた。

「そのほうが吾作だな、心配はいらぬ、話を聞きに来ただけだ」

うむ、と手招きする登一郎に、吾作はおずおずと寄って来た。

並んで向き合うと、大崎は口を開いた。

「昨日、あれからすぐに笠原様に報告をしました。で、佐川家にも行ったのです。が、すでに長兵衛と松五郎は辞めたあとでした。吾作が逃げ出したすぐあとに辞めた、ということで」

「ふむ」登一郎が顎を撫でる。

「吾作に告げ口をされることを恐れたのであろう。別の旗本屋敷に移ったのかもしれぬな」

「ええ」笠原が頷く。

「ゆえに、二人を知る吾作から人相を聞くために、こうして参ったのです」

大崎も頷いて、懐から矢立《やたて》を取り出し、小さな筆を持つ。

「まず、長兵衛は」

「はあ、額のここら辺に斜めに傷がありやす」

吾作の言葉に登一郎も「うむ」と頷いた。

「その二人はわたしも顔を見ている。刃物の傷がこうついていた」

斜めに指を動かす。

「そうでしたか」笠原はその指を見る。

「真木様がこの吾作を助けたのでしたな」

「うむ、成り行きでな。もう一人の男は、眉が濃くて太い男であった」

「へい」吾作が頷く。

「それが松五郎で、色も黒いです。ちとごっつくて、長兵衛よりも背が低かった……長兵衛は痩せてやした」

「そうか」大崎がそれを巻紙に書き留めていく。

「歳の頃は」

「へえ、長兵衛は三十くらい、松五郎は二十七、八ってとこかと」

吾作の言葉を書いて、大崎が笠原に見せる。

「これを皆に伝えましょう」

「そうさな。押し込みまでに見つけるのは難しかろうが」

え、と登一郎は顔を向けた。

「押し込みの動きをつかんだ、ということか」

や、と笠原が目元を歪める。

「しかし、おそらくこの晦日《みそか》あたりを狙うでしょう。月の出ない晦日を挟んで三日ほどのあいだに賊は動くはず。月夜の明るい晩は避けるのが常ですから」

「なるほど」登一郎は顎を撫でた。

「そういえば、盗人がうちに入り込んだのも、大晦日が近づいた、月の細くなった頃であった」

ええ、と大崎が頷く。

「まあ、師走は金が動く月ですから、普段とは違いますが、さすがに満月の頃には動きません」

「なるほど」

腕を組む登一郎に、大崎は一礼して立ち上がった。

「では、わたしは先にひとっ走《ぱし》り、人相を知らせに行きますんで」

そう言うと、外へと飛び出して行った。駆ける足音が遠ざかって行く。

笠原は登一郎と向き合った。

「真木様にお会いできてようございました。わたしも大崎同様、いつかお目にかかりたいと思うておりましたので」

「いや、さほどの者では」

登一郎は照れを苦笑で隠す。

笠原は吾作に顔を向けると、穏やかに言った。

「礼を申す、心配はいらぬぞ」

へえ、と吾作は手をついて登一郎を見た。

登一郎は、目顔で頷いた。


夕刻。

登一郎は隣から聞こえてくる声に、耳を向けた。

「ごめんなさいまし、作次さん」

戸を叩く音もする。

その戸を開ける音がして、作次の声も聞こえた。

「どこのお人だい」

「千亀堂の手代です。錠前が欲しいんです」

「なら、入《へえ》んな」

戸が閉まる音が鳴る。

千亀堂か、と登一郎は壁に寄った。大崎殿から狙われていることを知らされたのだな……。

「すいません、急ぐもんで」手代の声だ。

「それと、うちが錠前を買ったっていうのは内密にお願いします」

なるほど、と登一郎は思う。狙われていることを知ったと盗賊に気取《けど》られてはいけない、そう考えて主は密かに手代を遣わしたのだな……。

「ったりめえよ」作次の声が高まった。

「錠前ってのは、その家の財や秘密を守るもんなんだ。客のことを人に話すもんか。それが錠前屋の仁義ってもんよ」

「へ、へい、すいません」

ガチャガチャという音がする。

「で、いくつ、どれくらいの大きさのがいるんだい」

「あ、ここに書いてあります。蔵が二つ、表戸が二つ、それと裏の戸と……」

「ふうん、五つか」

またガチャガチャという音が立った。

「そら、これでいい。こっちがそれぞれの鍵だ。どれも頑丈で、簡単に破られたりはしねえ。安心しな」

「は、はい。で、お代は……」

おう、という声に続いて算盤をはじく音がした。

「わかりました」

やりとりが終わったらしく、静かになった。

戸の開く音がして、足音が遠ざかって行く。

ふむ、と登一郎は膝をさすった。準備に怠りはない、ということだな、無事にすめばよいが……。

三

朝の台所から漂ってくる炊飯《すいはん》の匂いに、登一郎は鼻を動かした。

朝餉の前に掃除をするか、と登一郎は戸を開けて外を見た。

風は春の気配になっているが、まだ冷ややかだ。

迷っていると、「先生」という声が飛んできた。

新吉が走って来る。

「おう、早いな」

ええ、と新吉は登一郎の前に立つと、小声になった。

「昨日、同心と与力が来てましたよね、なにかありましたか」

ああ、と登一郎は考えを巡らせた。新吉とその仲間は、自らが秘密に読売を作っているだけあって口が堅い。事前に漏らすようなことはすまい……。

「中へ」と、登一郎は土間へと招き入れた。

上がり框に並んで腰を下ろすと、登一郎も声を低めた。

「実はな、ちかぢか、捕り物がある」

「へえ、そりゃどんな」

「薬種問屋が盗賊に狙われているのだ」

「薬種問屋……いかにも賊が狙いそうなとこですね。なんて問屋なんですか」

「秘密だぞ、千亀屋という店だ」

ああ、と新吉は天井を仰ぐ。

「あそこか、一番端っこの店ですね」

「知っていたか」

「ええ、そりゃ、江戸の町のことは……あ、そうだ、しめた」

新吉が手を打つ。

そのほくそ笑んだ顔を登一郎が覗き込むと、にやりと大きな笑みに変わった。

「千亀屋のすぐ近くに、知った家があるんです。名月堂《めいげつどう》ってぇ小さな薬屋なんですけどね」

「ほう、あの辺りは薬屋が多くあったな」

「ええ、そこの主、昔は読売を手伝っていたお人なんです」

「そうなのか」

はい、と新吉はにやにやとしてつぶやく。

「そこに泊めてもらえば、その捕り物をこの目で見ることができる」

ほう、と登一郎は顔を覗き込んだ。

「その場に立ち会うということか」

「さいです。文七を連れてって見せれば、いい文が書けますよ。で、あたしが見たことをおみねに伝えて絵にする、と。そうすりゃ、江戸一番の読売ができるってもんです」

「なるほど」

登一郎が腕を組む横で、新吉が指を立てて数え始めた。

「今日はもう二十七日、晦日頃を狙うだろうから、すぐだな」

「晦日か、役人もそう言っていたが」

「そうですか。まあ、満月の月明かりを頼りにするもんもいますけど、見つかりやすいですからね。悪事は暗いほうが動きやすいってことです。あとは雨だな」

「雨」

「ええ、雨が降りゃ、物音が雨音で消されるから忍び込みやすい。それに、逃げる際にも足跡が消えますからね。盗人にとっちゃもってこいってわけです」

そうか、と感心する登一郎に、顔を向けて、新吉は立ち上がった。

「こうなりゃ、忙しい、先生、ありがとうござんした」

そう言うと、新吉は外に飛び出して行った。

昼下がりの日本橋を、登一郎は歩いていた。

千亀堂を通り過ぎると、その足を止めた。斜め向かいに名月堂という小さな薬屋が見つかった。

ここか、と二階を見上げる。確かに、窓から千亀堂が見えるな……。

登一郎はその前を歩き出した。

両国の広小路《ひろこうじ》方面の道を進み、辻を曲がろうとしたそのとき、登一郎は足を止めた。

広小路手前の小さな辻から、大きな声と音が聞こえてくる。

近づいて行くと、水茶屋の前に人が集まっていた。

「茶も団子も贅沢だ、水茶屋は閉めろ」

黒羽織の同心が十手を振り回している。

「や、けど、もうあんこは使ってません」

主が背中を丸めている。

小豆《あずき》を使った菓子は贅沢とされ、すでに禁止されていた。

「うるさい」同心は娘を指さした。

「あのように派手な身なりも禁止だ」

薄桃色の着物を着た娘は、片隅で身を縮めている。真っ赤な前垂れを握りしめた手が、ぶるぶると震えている。

「取っ払え」

同心が十手を振ると、配下の下役人が緋毛氈《ひもうせん》の敷かれた長床几《ながしょうぎ》を蹴り上げた。置かれていた皿や茶碗が吹き飛び、娘にも当たった。

「ひゃあっ」

と、娘はしゃがんで膝を抱える。

役人らは、立てられていた大きな赤い傘も抜き、地面に叩きつけた。

なんと、と登一郎が立ち尽くすと、横の男らはささやきあった。

「ありゃ南町だ、このあいだからじろじろと見てやがったんだ」

「そうなのか、ここは人気があったから、目えつけられてたんだな」

「水茶屋は、ぶっ壊されてるらしいぜ」

「へえ、水茶屋までもかよ、どこまでやりゃあ気がすむんだ」

役人らは、緋毛氈も踏みにじっていた。

「よいな」同心が主に詰め寄る。

「もう店を出すでない。今度はお縄がかかるからな」

へ、へい、と主は手をついて背中を丸める。

よし、と同心は踵を返すと、配下に顎をしゃくって歩き出した。

登一郎はすれ違うと、娘に駆け寄った。

「大事ないか」

しゃがむと、その横に主も飛んで来た。

「ああ、おみつ、怪我はなかったか」

おみつは震えながらも頷く。

「ひでえことしやがるぜ」

「あったくだ」

見ていた男らが寄って来て、長床几を元に戻したり、皿を拾ったりしている。

「どうした」

そこに男が駆け込んで来た。そのまま登一郎の後ろで止まると、

「や、先生」

と、声を上げた。

え、と登一郎が振り向くと、そこに立っていたのは大崎だった。が、黒羽織は着ずに町人姿だ。

大崎は隣にしゃがむと、登一郎を横目で見た。

「近くにいて、騒ぎを聞いたのです」

「そうであったか、わたしもたまたま通りがかったのだ」

答えながら、そうか、と得心する。姿を変えて、千亀堂の周辺を見張っていたのだろう……。

大崎はふうっと息を吐くと、主と娘を見た。

「そなたら、住まいはどこだ」

言いながら、大崎は懐にしまっていた十手をそっと見せた。

たじろぐ主に、大崎は顔を振る。

「心配いたすな、わたしは水茶屋の取り締まりはしない。どこに住んでいる」

「へ、へい、あっこの……」

手を上げて長屋の名を告げる。

「そうか、では、しばらく待て。水茶屋を開けられる所を調べて教えてやる」

「え、ほんとですかい」

うむ、と言いながらも大崎は口に指を立てる。

「だが、これだぞ」

「は、はい」

主が頭を下げ、隣の娘もそれに続いた。

さて、と立ち上がる大崎に、登一郎も続いた。

その場を離れると、登一郎は大崎の横に並んだ。歩きながら、横顔をそっと見る。

同じ南町の役人でも、こうも違うか……。

「しかし」と登一郎は小声で言った。「水茶屋を開ける場所などあろうか。また取り壊されるのではないか」

いいえ、と大崎もささやき声を返す。

「寺社の境内《けいだい》ならできます。寺社奉行の松平伊賀守《いがのかみ》様は、境内の水茶屋は取り締まらぬ、と仰《おお》せになっているのです」

「そうか」

登一郎は腹の中で手を打った。

松平伊賀守忠優は、もともと老中首座水野忠邦と対立している。水野が行っている激しい蘭学の弾圧に、反対をしているのだ。さらに鳥居耀蔵の施策にも異を唱え、水茶屋を排そうとする鳥居に対して、寺社の境内にある水茶屋は取り締まらない、と公言したのだ。寺や社《やしろ》は寺社奉行の支配下にあるため、町奉行は手を出すことができない。

「わたしはこれまでにも、潰された水茶屋を世話してきたのです。寺社のほうでも不憫に思い、境内を貸してくれる所があるのです」

「そうであったか。それは救われるであろう」

「ええ」大崎は小さく肩を上げた。

「まあ、今は千亀堂のことがありますから、動くのはそれがすんでからになりますが」

ふむ、と登一郎は目を左右に動かす。

「長兵衛と松五郎は見つかったか」

「いえ、わたしも探しているのですが、とんと姿を見せません。押し込む日まで、どこかに潜《ひそ》んでいるのでしょう」

「そうか。もしも、わたしが見かけたら、知らせよう」

「それは助かります。先生は二人の顔を見ておられるから、心強いことです。かようなことまで、恐縮ですが」

「いや、うちに押し入った盗人といい、吾作さんといい、これも縁だと思うている。乗りかかった舟、となれば、舟に乗りきらねば腹の収まりが悪い」

登一郎は大崎に答える。言いながら、己に頷いた。そうだ、そうしよう、名案だ……。

四

翌朝、登一郎は、

「新吉さん、いるか」

戸の前に立って声を上げた。

すぐに戸が開いて、おみねが中へと招き入れた。

「どうぞ、二階にいますから」

では、と階段を上がって行くと、新吉と文七が向かい合っていた。

「や、こりゃ先生」文七が見上げる。

「いい話を教えてくだすって、ありがとうござんす」

新吉が膝を回して、どうぞ、と手で示す。

「昨日、名月堂には話をして、泊めてもらえることになりました」

「ほう、そうか」登一郎はあぐらを掻きながら、二人と向き合った。

「なれば、わたしもついて行ってよいか」

え、と新吉は目を大きくした。

「名月堂に、ということですか」

「うむ、乗りかかった舟ゆえ気にかかってな、見届けたいのだ」

ううん、と考えてから、新吉は顔を上げた。

「わかりました、どうぞ。ことの顛末《てんまつ》を知りたい、と思われるのは当然のことかと」

「ああ」文七も頷く。

「そもそも先生から聞いた話だ、断る筋じゃない」

そうか、と登一郎は拳を握った。腹の底がふつふつとしてくる。

「そんなら」新吉が声を落とした。

「今晩、行きますよ」

「今晩」

訊き返す登一郎に、文七が指で空を差す。

「鼠色《ねずみいろ》の雲が出てきてますからね、きっと、今晩は雨になるはず。賊も空を見ているに違いありません」

「うむ、わかった。では、日暮れに出直してくる」

「はい」

新吉と文七の声が揃った。

名月堂の主は、戸を開けてすぐに三人を招き入れた。

新吉が主を手で示し、

「紀三郎《きざぶろう》さんです」

と、登一郎に言う。

「これは、邪魔をいたし……」

言いかける登一郎に、紀三郎は首を振った。

「いえいえ、話を聞いて、巻き込まれちゃたまらんと、女房子供を実家にやりました。よかったですよ」

言いながら窓を小さく開けた。

「千亀堂さんも、おかみさんと子供らが朝早くに出て行きましたよ。手代が大きな荷物を持っていたので、どこかに泊まりに行かせたんでしょう」

「そりゃ、抜かりがない」

新吉が言うと、紀三郎は声を低めた。

「それにね、今日は裏の勝手戸から、男らが少しずつ入って行きましたよ。町人姿だったけど、ありゃあ、役人に違いない」

ほう、と登一郎も窓から外を見た。

「では、中で待ち伏せをする算段だな」

ええ、と紀三郎が頷く。

「きっと、店や屋敷、それに蔵の中に潜んでいるんでしょう」

窓を閉めると、紀三郎は三人を階段へと招いた。

「どうぞ、二階に。斜めになりますけど、千亀堂さんが見えますよ」

二階の窓をそっと開ける。

三人は身を寄せ合って、覗いた。

「表は見えにくいな」

文七のつぶやきに、新吉が指を差す。

「けど、脇の塀が見える」

ふうむ、と登一郎も首を伸ばした。

店はすでに戸を閉めて暗くなっているが、奥の屋敷の窓はそれぞれに火が灯《とも》って明るい。

紀三郎がそっとささやく。

「昼過ぎから少しずつ、小僧さんや手代も裏から出て行きましたからね。今はお役人の数のほうが多いことでしょう」

「そうか、手筈《てはず》は整ったわけだな」

登一郎もつぶやいた。

「雨も降ってきたな」

新吉が暗い空を見上げる。細い糸のように落ちてきていた。

紀三郎は行灯を指さした。

「火を入れますか」

「いや」新吉が首を振る。

「ここに人がいると気取られないほうがいい。火は結構です」

「そいじゃ、あたしは下にいますんで」

紀三郎は下りて行く。

暗い部屋から外を見ていた登一郎は「ほう」とつぶやいた。

「ずっと見続けていると、目が暗闇に馴れるものだな。だんだんといろいろなものが見えてきたぞ」

「ええ」文七が頷く。

「目ってのは大したもんです。賊も普段から闇に目を慣らしてるってなことを、聞いたことがありますよ」

「ほう、そうなのか」

登一郎は窓を離れた。そこに新吉が寄って行く。

「交代で見張りましょう」

登一郎は壁に寄りかかって腕を組んだ。

見張りはやがて文七に変わり、登一郎の番になった。

お、と窓に寄せていた顔を、登一郎は振り向けた。

「明かりが消えたぞ」

新吉らが寄って来て、顔が重なる。

ごくり、と唾を飲み込む音が、それぞれの耳に響いた。


「来ませんねえ」

新吉がそうつぶやいて振り向いた。

壁にもたれた登一郎は、こっくりこっくりと小さく舟を漕いでいる。

文七はその横で大きなあくびを放った。

すでに日が変わってから、ずいぶんと時が経っていた。

「空振りか」

文七が膝で窓へと寄って行く。

と、新吉が腰を浮かせた。

「来た」

と、窓の外を指さす。文七は慌てて窓へと擦り寄った。

その気配に、登一郎ははっと目を開けた。

窓辺に重なる二人に、登一郎も擦り寄る。

道の向こうに、数人の人影がうごめいている。

窓に並んだ三人は頷き合い、息を詰めた。

黒ずくめの人影は、店の横へと回る。雨は降り続いており、水を踏む足音が微《かす》かに聞こえてくる。

路地に入った所で、一人が塀の上に飛び乗るのが見えた。

そこから縄を垂らし、男は内側へと飛び降りる。外にいた男らが、縄を伝って次々に塀を越えていく。

「そうきたか」

つぶやく新吉の後ろで、文七が立ち上がった。

「こっからじゃよく見えねえ、おれぁ、行くぜ」

そう言って、階段を下りて行く。

「おい、待て」

新吉も続いた。

登一郎は腰を上げつつ、窓の外を見た。

千亀堂から声と物音が聞こえてくる。

始まったか、と登一郎も階段を下りた。

外に出た新吉と文七を追って、すぐに戸を閉めた。

紀三郎はそのあとで、すぐに戸を閉めた。


三人はそっと店の表へと寄って行く。

千亀堂の内側からは、物音が響き渡る。

周囲の家の窓に、次々に明かりが灯った。そっと窓を開けて覗く者もいた。

周りの明かりのせいで、千亀堂が浮かび上がった。

中から大声が響く。

「逃がすな」

「御用だ」

「神妙にしろ」
大きな音も鳴る。
と、表の戸が鳴った。
体当たりをした男が、戸とともに倒れ込む。
そこに黒ずくめの男二人が、飛び出して来た。
「賊だ」
文七が声を漏らす。
倒れた男は、追って来た役人に、押さえ込まれる。
出て来た男も、一人は役人に飛びかかられて、倒れ込んだ。
あ、と登一郎は足を踏み出した。
一人の男が走り出していた。
「待て」
思わず声を上げ、登一郎は飛び出した。
男は走りながら、懐に手を入れる。
抜き出した匕首を手に、登一郎を見た。足が速い。
登一郎がそれを追う。追いながら、刀の鯉口《こいぐち》を切った。

と、新吉も走り出していた。
「待ちやがれ」
そう叫んだ新吉が男に追いついた。前に回ると、両腕を広げる。
ちっ、と舌打ちをして、男は横へとそれる。
そこに登一郎が駆け込んだ。
男は登一郎に匕首を振り上げた。
登一郎も刀を抜き、構えた。
男の背後には、文七が回り込んでいた。
「くそっ」
男はそう吐くと、身を翻して文七に切りかかった。
「よせっ」
登一郎は背後から、男の首筋に峰を打ち込んだ。
ぐっ、と喉を鳴らし、男が身を崩す。
登一郎はさらに脇腹に打ち込む。
崩れ落ちた男の襟首をつかんで、登一郎は男を仰向けに倒した。
その顔に、「あっ」と声を漏らした。

男の額に、大きなほくろがある。こやつ、大仏か……。

登一郎は振り返った。

大きな足音が駆け寄って来る。役人らだ。

その先頭の男が目を剝いた。

「先生」

おう、と登一郎も目を見開く。

「大崎殿か」

役人らが周りを囲む。

男はたちまちに縄をかけられ、縛り上げられた。

「なんと」

大崎は首を振りながら、立ち上がった登一郎と向き合った。

「なにゆえにここに……」

「なに」登一郎は目で笑った。

「乗りかかった舟の行方を見に来たのだ」

言いながら、辺りを見回す。

新吉と文七は、すでに姿を消していた。

名月堂を見ると、戸が少し、開いていた。

五

二階で寝ていた登一郎は、聞こえてくる時の鐘に、目を開けた。

時の鐘は最初に捨て鐘が三回、撞《つ》かれる。合図の鐘だ。それが終わってから、時の数だけ鳴らされる。登一郎は目を閉じたまま、それを数えた。
一、二、三……八、とその目を開けた。もう八つ刻（午後二時）か、と慌てて身を起こした。
朝、名月堂から家に戻って来たときには、まだ気が昂《たかぶ》っていた。しかし、朝餉をとると急に眠気に襲われ、布団に潜り込んだのだ。

階段を下りていくと、佐平がやって来た。

「おや、お目覚めですね」

「うむ、よく寝た。吾作さんはもう出かけたのか」

「ええ、とっくに。掃除と水汲み、今日は洗濯までしてくれて、出て行きましたよ。中食は召し上がりますか」

ふうむ、と登一郎は首筋を掻いた。

「そうだな、湯漬けにあさりの時雨煮を乗っけてくれ」

はいな、と佐平は台所へ行く。

「どうぞ」

うむ、と湯漬けをかき込む登一郎を見つめて、佐平が口を開く。

「明け方、日本橋で押し込みがあったそうですね」

む、と登一郎は湯漬けを呑み込んだ。

「もう広まっているのか」

「はい、この横丁にも聞こえてきましたよ」

佐平はにこにことした顔で頷く。よけいなことを訊かないのが常だが、佐平は察しがいい。

「お疲れでしょうから、今晩は魚を焼きましょうかね」

「ふむ、煮魚がよいな」

「はい、ではあとで魚屋に行って来ましょう」

佐平は台所へと戻って行く。

登一郎が茶を飲んでいると、表戸に人影が映った。

「先生、いますか」

新吉の声に、登一郎は「おう、入れ」と寄って行く。

戸を開けて入って来た新吉は懐に入れた束《たば》から一枚を抜いた。

「出来ましたよ」

「なんと、早いな」

上がり框で受け取ると、登一郎は読売を広げた。

千亀堂の名は伏せてあるが、大店の絵が描かれている。表の戸が、体当たりで倒れ、役人も飛び出して来た絵柄だ。

「ほう、おみねさん、腕を振るったな」

「ええ、あたしが話したらすぐに絵筆を走らせました。文七さんもあっという間に文を書き上げて、あとはあたしが必死で彫り上げましたよ。で、彫ったそばから久松が刷り上げて、と」

登一郎は文を読んでいく。

南町の役人が一人も逃がすことなく盗賊を捕まえた、と簡略に書かれている。

「我らのことは秘密だな」

登一郎がにっと笑うと、新吉が頷いた。

「はい、そこはもう。先生の活躍は書きたいところですが、のっぴき横丁は秘密を守るのが決まりですから」

新吉もにっと笑って、では、と踵を返した。

「これから売りに行きます。先生、いいネタをありがとうござんした」

おう、と出て行く新吉を見送る。

さあて、と登一郎は腕を伸ばした。湯屋でも行くか……。

夕刻、湯屋から戻った登一郎は、ほかほかと温まった身体でくつろいでいた。と、小走りにやって来る足音に、表戸を見た。この足音は、と立ち上がると、

「先生、大崎です」

思ったとおりの声が上がった。

「おう、入られよ」

はい、と大崎は飛び込んできた。その土間で、

「今朝方はありがとうございました」

と、腰を折る。

「いや、まあ、上がられよ」

と手招きする登一郎に、大崎は「いえ、ここで」と上がり框に腰を下ろす。

ふむ、と登一郎もその横に座った。

「そうさな、忙しいであろう。して、どうなったあの盗賊共は」

「ええ、あれから大番屋にしょっぴいて仮牢にぶち込みました。で、朝から吟味をしていろいろとわかりましたよ。戸に体当たりをして破ったのが、長兵衛でした」

「ほう、そうであったか。顔は見えなかったが」

「はい、暗い中、あの騒ぎでは……で、あとに続いて飛び出したのが松五郎で」

「そうか、それもわからなかった」

登一郎が苦笑すると、大崎も同じ顔になった。

「わたしもその場ではわかりませんでした。縄を引いているときに、額の傷で長兵衛には気づきましたが。で、先生が捕らえてくださった男、眉間に大きなほくろのある……」

「うむ」

頷きつつ、胸中で思う。やつが深瀬殿の屋敷にいた大仏なのではないか……。

「あの男、又吉《またきち》という名なんですが、やつが頭だったのです」

「ほう、そうなのか」

「ええ、長兵衛らがそう白状しました。又吉は名を変えて、あっちこっちの武家屋敷に中間として入り込んでいたようです」

やはりか、と登一郎は腹に落とし込んだ。間違いあるまい、盗賊であれば、駄賃とばかりに掛け軸を盗んでも不思議はない……。

「ほかにも二人いましてね」大崎は言葉を続ける。

「それは塀の内ですぐに捕まえたんです。にわかに仲間に入れられた男らで、両方とも無宿人でした」

「そうか、吾作さんのように捨て駒として使おうと考えたのだろうな」

「ええ、一人はそうでした。江戸に出て来たばかりで、口車《くちぐるま》に乗ってしまったようです。が、もう一人は西から流れて来た者で、それなりの悪ですね、あれは」

「ほう、そうか。では、同情はいらぬな」

「はい、まったく。捕まえずにいれば何をしたか知れません。まあ、さきほど皆を小伝馬町の牢屋敷に送りましたから、あとは吟味とお裁きを待つばかり。こちらの手は離れました」

大崎は腕を開いて、息を吐いた。

登一郎は素知《そし》らぬ顔を作って、言ってみる。

「押し込みのことはすでに広まっているようだが、読売にもなっているのではないか」

「ええ」大崎は笑いをかみ殺した顔で頷く。

「もう、読売になってまして。戸を破って逃げようとする賊と、それを捕まえようと追う役人のようすが絵に描かれてました。まるで見ていたみたいに、うまく描かれてましたよ」

「ほう、そうか、では南町の手柄が江戸中に知られるわけだな」

登一郎は新吉の顔を思い浮かべた。公儀にとって都合のよい内容であれば、取り締まられることはない。さぞかし、売れていることであろうな……。

大崎は鼻を膨らませた。

「これで南町も、奢侈禁止令ばかりをやっているわけじゃない、と知れるでしょう。これまで冷ややかな目で見られ、陰口を利かれてましたが、堂々と歩けるというものです」

ふむ、と登一郎も頷いた。

「大崎殿の心意気が生きたな」

「はい」大崎は立ち上がると、顔を寄せて小声になった。

「御奉行様がどうあれ、決して流されはしません」

「うむ、よい気概だ」

登一郎の言葉に、大崎は笑顔になる。

「では」

と、その笑顔を前に向けて、大崎は出て行った。

六

朝餉をすませた登一郎は、町へと出た。

道を歩きながら、おや、と顔を巡らせる。梅の花の香りが鼻先をくすぐっていく。

二月に入り、風はすっかり春めいていた。

登一郎は古道具屋の店先から中を覗き込んだ。相変わらずさまざまな物が所狭しと並んでいる。帳場台にいる主を確かめて、中へと入って行った。

「邪魔をする」

その声に顔を上げた主は、すぐに「ああ」と愛想笑いを見せた。

「これは、旦那、お待ちしておりました」

「お、では、見つかったのか、掛け軸が」

登一郎が寄って行くと、主は小さく肩をすぼめた。

「いえ、この目で確かめたわけじゃあないんです。ただ、古道具屋仲間に声をかけたら、つい先日、話が入ってきたんですよ。神楽坂《かぐらざか》の店が、最近、家康公御遺訓の書を買い取ったって」

「おう、そうか。書かれているのはあの文言《もんごん》か、表装は松葉色と金の錦か」

詰め寄る登一郎から、主は身を引いて、手を上げる。

「いえ、そこまではまだ……ちかぢか見に行こう思ってたところです。その店とはつきあいがないんで」

「そうか、なんという店だ」

「寅屋《とらや》です。毘沙門天《びしゃもんてん》の並びだそうですよ」

「毘沙門天……」

つぶやく登一郎を、主が見上げる。

「坂を上った所にあるんで、すぐにおわかりなるかと。あたしが行って確かめてきてもようござんすが」

「いや、そういうことであれば、これから行ってみる。寅屋、だな」

「はい、干支《えと》の寅です。毘沙門天は寅の年、寅の月、寅の日、寅の刻に天から下ったと伝えられますんで、それに因《ちな》んだんでしょう」

ほう、と登一郎は感心した。

「前にも思ったが、古道具屋というのは学があるものだな」

いいえ、と主は照れたような笑いを浮かべた。

「まあ、由来や故事を知らないと、古道具の値打ちもわかりませんからね、自然と身についてしまうんです」

「ふむ、そういうものか。ともかく助かった、礼を申す。主の商売にならなくてすまんが」

「なあに、かまやしません」

「かたじけない、これからは贔屓《ひいき》にいたすゆえ」

「はい、どうぞご贔屓に。お軸が当該《とうがい》だとようござんすね」

見送る主の笑顔に頷いて、登一郎は外に出た。

江戸の町を東から西へと抜けて、登一郎は外堀を渡った。

坂の下で振り返り、ほう、と息を吐く。それなりの道のりだ。

よし、と神楽坂を上り始める。下りてくる人、上って行く人と、坂が賑わっている。毘沙門天を祀《まつ》るのは善國寺《ぜんこくじ》という寺だ。毘沙門天は武神として崇められており、武士の参詣も多い。さらに金回りがよくなるという言い伝えは、多くの町人も集めている。

坂を上りきって、登一郎は寺と向き合った。来たのは初めてだ。

皆につられるように参道に入ると、人と並んで堂宇《どうう》に手を合わせた。願い事は浮かばないまま、再び道に戻った。

来た道には寅屋は見つからなかった。

善國寺を過ぎてまた進むと、その先に寅屋があった。

間口は狭いが、やはり中にはたくさんの古道具が並んでいる。

入って行くと、帳場台の主が顔を上げた。

「らっしゃいまし」

目尻の皺を深める主に、登一郎はまっすぐに寄って行った。

「探している物があるのだ、いや、ここにあると聞いてな。家康公御遺訓の書を掛け軸にした物で、表装の錦は松葉色と金で錦糸が使われている。御遺訓は、勝つ事ばかり知りて……」

登一郎の言葉を「ああ」と主は遮った。

身体をひねると、背後の棚に手を伸ばし、丸められた軸を手に取った。

「これでしょう」

結ばれた紐を解く。

主がゆっくりと板間に軸を広げるのを、登一郎が覗き込む。

書が見えた。書かれているのは、先ほど口にしたばかりの文だ。上下の錦も言ったとおりの色だった。

「これだ」

登一郎は顔を上げた。

それを主は上目で見る。言葉を待つように、口を結んでいる。

登一郎はその顔を見返して、一つ、咳を払った。

「これはいかほどか」

主が上目になった。

「この由来はご存じで」

ううむ、と登一郎はまた咳を払う。

「家光公が尊崇《そんすう》する家康公の御遺訓を認《したた》めなすった、という書でな……さる屋敷から流出してしまったのだ」

「はあ」主が口を動かす。

「では、おいくらでお買い上げいただけるので」

その上目に、登一郎も目を眇めた。

「いや、まずそちらの言い値を聞かせてもらおう」

胸を張ると、主も顔を上げた。

「十両」

きっぱりとした声に、登一郎は顔を逸らした。

「なんと……いや、実はこれは偽物なのだ」

その言葉に、主は口を曲げた。が、すぐにそれを大きく開け、笑いを放った。

「なんだ、ご存じだったんですか」

笑いながら、花押を指で差す。

「これぁ、ひどいもんだ。蹟《て》だってまずいし、そもそも紙も表装もそんなに時代を経ちゃいない。古道具屋なら、見抜けるってもんです」

「そうか」登一郎は苦笑した。

「では、高く買ったわけではないのだな」

「そりゃ、そうです。持ち込んだ客は、由緒《ゆいしょ》があるもんだって言ってましたけどね、なに、その客はろくに読めもしないときた。偽物だと言ったら、欺す気かとこっちを疑ってましたけどね、いやなら、ほかに持って行けと言ったら、しぶしぶ置いていきましたよ」

「そうであったか。その客、眉間に大きなほくろのある男ではなかったか」

「ああ、はい。覚えてますよ、ここにね」

主は自分の眉間を指さした。

やはりか、と登一郎は得心した。大仏、又吉が盗んだのだな……。

登一郎と主の目が合った。

「して」

と声が重なった。

「いくらだ」

登一郎が問うと、主は指を二本立てた。

二両か、と登一郎が顔を歪めると、主はにっと笑った。

「二分でいかがです」主は掛け軸を丸め始める。

「まあ、ご事情がおありなんでしょう。けど、こちらも商売ですからね。物のよくわからないお客に高値で売ることもできるわけでして」

ふむ、まあそれならば、と登一郎は懐に手を入れると紙入れを出した。

二分金と掛け軸を交換して、登一郎は主を見た。

「だが、いくらで買ったのだ」

ふっと、笑って主は肩をすくめた。

「それは秘中の秘、と言うやつでして。あ、そうだ」

手を伸ばすと棚から畳んだ風呂敷を取った。

「おまけにこれをつけましょう。掛け軸を包むのにちょうどようござんすよ」

差し出された風呂敷を広げて、登一郎は掛け軸を包む。おそらくこれで間違いはあるまい……。

では、と背を向けた登一郎に、主は高い声を上げた。

「ありあとあんした」

登一郎は苦笑して、来た道を戻り神楽坂を下り始めた。

風呂敷包みの軸を持って、登一郎は日本橋の広小路に立った。

横丁に戻る道で、登一郎は道筋を変えていた。

深瀬のおろおろとしたようすを思い出し、城に足を向けたのだ。日々、気にかかっているだろう、早く安心させてやったほうがよい……。そう考えてのことだった。

隅から、お堀を渡って来る武士を見つめる。下城の刻であるため、続々と城勤めの役人が現れる。

それを目で追っていた登一郎は、一歩、踏み出した。

やって来る一行の先頭は深瀬だ。登一郎は手にしていた包みを、すっと掲げた。

深瀬の目がこちらを見る。と、すぐに棒状の包みに気がついて、目が大きくなった。

登一郎が目顔で頷くと、深瀬は供を振り返って何事かを告げる。頷いた供と離れて、深瀬が小走りにやって来た。

「見つかったのですか」

登一郎と手の包みを交互に見る。

「うむ、言われたとおりの物だ、が、確かめてもらいたい」

はい、と深瀬は左右を見回した。

「あ、では、あちらに……料理茶屋があるのです」

先に立って早足になった深瀬に、登一郎はついて行く。

「いらせられませ」

「二階の部屋を頼む」

深瀬の指示に「では」と階段を案内された。

部屋で向かい合うと、登一郎は包みを前に置いた。

それをほどき、風呂敷を開く。

ああ、と深瀬は声を上げた。その手を伸ばすと紐を解き、軸を広げる。現れた書を覗き込んで、

「これです」

深瀬は顔を上げた。安堵《あんど》の笑みで、相好《そうごう》が崩れている。

「おう、やはりか」

登一郎も笑顔になった。

「いやぁ……」深瀬は書と登一郎を交互に見る。

「これで安心、かたじけのうございました」

頭を下げる深瀬を、いや、と登一郎は手で制す。

「古道具屋に伝手《つて》があったゆえ、苦労はなかったのだ」

深瀬が目を上げる。

「あの、いかほどお払いになられたのでしょう」

「ああ、二分であった。したたかなような、人のよいような、なかなかの主でな」

「二分」深瀬は大きく息を吐く。

「助かりました。一両、場合によっては二両より上も覚悟していたので」

深瀬はそっと紙入れを出すと、二分金二つを懐紙に包んだ。

「いや、それでは多い」

手を上げる登一郎に、深瀬は首を振る。

「いえ、お礼として当然です」

差し出された包みを、登一郎は「では」と受け取って、深瀬を見た。

「そういえば、軸を持ち込んだのは、やはり中間部屋にいたという大仏であったぞ。その者、名は又吉といって、盗賊の頭であったのだ」

「盗賊」

目を剝く深瀬に、登一郎は頷く。

「うむ、先日、押し込みをやって捕まってな、わたしもちちと関わったのだ」

「捕まったのですか。では、これのことも……」

軸を見る深瀬に、登一郎は笑顔を作って見せた。

「いや、この掛け軸のことは言っておらん。そもそも、さんざん盗みを働いてきたようだから、小さな盗みは問われもしないであろうし、自らも言わぬであろう。表に出ることはないはずだ」

ほう、と肩の力を抜く深瀬に、登一郎は小声で言った。

「おそらく死罪となるであろう。心配には及ぶまい」

「はあ」と深瀬は背筋を伸ばした。

「いや、真になんとお礼を……」

その顔を廊下に向けると、手を打った。

すぐにやって来た手代に声を張り上げる。

「お膳を頼む、今日の一番よい物を揃えてくれ」

「はい、すぐに」

手代の弾んだ足音が廊下に響いた。

深瀬の晴れ晴れとした面持ちに、登一郎も笑みを浮かべた。

「そういえば、近頃、城中はいかがか」

その問いに、深瀬の顔が小さく歪んだ。

「はあ、鳥居殿の勢いが相変わらずでして……ちと穏やかならぬ噂も聞こえているのです」

「噂」

「ええ、例によって鳥居殿と水野様のご意向が合致したようで……」

眉を寄せる登一郎に、深瀬が膝行して間合いを詰めた。

第五章　はぐれ同心の意地

一

手拭いを懐に横丁を出た登一郎は、そこで足を止めた。

「あ、先生、お出かけですか」

向き合ったのは同心の大崎だった。

「いや、湯屋だ」

笑いながら、登一郎は大崎の背後を見た。男と娘が並んでいる。

「ああ、いつぞやの水茶屋の……」

はい、と父親が進み出た。

「その節はどうも」

後ろの娘もぺこりと頭を下げる。

大崎は二人を見て、笑みを浮かべた。

「鉄砲洲稲荷《てっぽうずいなり》の境内で水茶屋を開いてもよい、と言うてくれたので、稲荷の宮司に引き合わせに行くところです。で、先生にも挨拶をと思って、こちらに」

鉄砲洲稲荷は海の近くにある、境内の広い稲荷社だ。参詣人も多く、いつでも賑わっている。

「ほお、そうであったか。それはなにより」

「はい、おかげさんで」父親がふかぶかと腰を折る。

「大崎様がお骨折りくだすって、あたしどもの首が繋がりました」

「なに」大崎が片目を細めた。

「これも寺社奉行松平様のお慈悲ゆえ。水茶屋の取り潰しに抗《あらが》ってくださったからこそだ」

うむ、と登一郎は父と娘を見た。

「運がよかったな。早く茶屋を開くことだ」

うかうかしているとどうなるかわからない……。という言葉が出かかって、それを呑み込んだ。

大崎は微かに怪訝そうな面持ちを見せたが、すぐにそれを消した。

「そうですな、よいことは早くするに越したことはない。そのつもりで、さあ、行くぞ」

大崎が父娘に言うと、「はい」と二人は声を揃えた。

登一郎に顔を戻した大崎は、

「では、行って参ります」

目顔で笑った。

おう、と登一郎も笑《え》んで見送った。


夕刻。

書見台に向かっていた登一郎はその顔を上げた。

足音が駆けて来る。表戸を見ていると、飛び込んできたのは吾作だった。

「なんだ、早いな」

いつもなら薄暗くなっての戻りだ。

ああ、と吾作は勢いのまま上がり込んで来ると、登一郎の横に座った。

「おひさが見つかったんでさ」

「なんと、元気であったか」

「いえ、それはまだ、会えちゃいないんで……」吾作は息を整える。

「今日は芝《しば》のほうの岡場所に行ってみたんですけど、そしたら、前におひさってぇ娘がいたっていうんでさ。そっから品川宿《しながわしゅく》に売られちまったそうで、けど、仲良くしてた娘が、教えてくれたんでさ。諏訪の出で、ほんとの名はおひさって言ってたって」

「諏訪の出でおひさ」

「へい、店ではお雪《ゆき》って名で出てたそうで、売られ売られて、そこまできたって話で。もともとは深川にいたらしいんでさ」

「深川……」

「へい、で、ほっぺたに傷があったそうで」

「なんと」登一郎は膝を回した。

「それは松雪という娘ではないのか。深川の幇間に聞いたぞ、諏訪の出で頰に切り傷のある娘の話を……自分で傷をつけたということであった」

「自分で」

「うむ、どのような事情かは知らぬが、それで深川にそぐわないとされて売られたそうだ」

「その娘……松雪ってぇ名だったんですか。松木村の松かもしんねえ、それにおひさは雪の景色が好きだった」

口を震わせる吾作に、登一郎も顔を強張《こわば》らせた。

「ふうむ、そこまでは考えが及ばずにいた。名は置屋の主がつけたにせよ、当人の意も聞いたかもしれんな」

「きっと、そうだ……おらぁ、傷があったって聞いて、すぐに違うと思っちまったけんど」

拳を握る吾作と向き合って、登一郎は腕を組んだ。

「ううむ、間違いない、とまでは言えぬが、おひさちゃんかもしれぬな。では、会いに行くのだな」

「へえ、明日……あ、けんども、品川宿ってのは遠いんですかい」

「いや、二里《り》だから、たいした道のりではない」

言いながら、以前、宿場を訪れたときのことを思い出していた。

品川宿には数多くの宿屋が並び、多くの娘を抱えている。飯盛《めしも》り女と呼ばれ、給仕をする娘らだが、遊女として抱えられているのだ。その数は増え続けて千数百人を超えるほどになったため、公儀は一つの宿に飯盛り女は二人まで、という制限を出した。が、それはすぐに形だけのものとなり、女の数は減っていない。道の四方から聞こえてきた女らの高い声が、登一郎の耳に甦った。

眉を寄せて、吾作を見る。

「宿の名はわかっているのか」

「へえ、千鳥屋《ちどりや》って宿だそうです」

ふうむ、と登一郎は口を曲げ、それを開いた。

「よし、わたしも行こう」

「へ、品川にですかい」

「うむ、品川宿は無法者も少なくないからな。それにわたしもおひさちゃんに会ってみたい。どうだ」

へ、と吾作は目を丸くするが、すぐにそれを細めた。

「へい、そりゃあ、心強いこってす」

首を振る吾作に、登一郎も頷いた。

「よし、では明日、朝餉をすませて出よう。昼頃に着けば客は少ないだろう」

「へい」

吾作は背中を丸めて頭を下げた。

二

人の行き交う東海道《とうかいどう》を登一郎と吾作は歩いた。

江戸の町並みから離れると、左手に海が見えてくる。

吾作は目を細めて、日差しに光る波を見渡した。

「海ってのは広いもんですね」

うむ、と登一郎も目を細める。江戸湾の向こうに、房州《ぼうしゅう》の山々が見えていた。

「だが、あの山の向こうに行くと、もっと広い海があるということだ」

房総《ぼうそう》半島の向こうは亜米利加《あめりか》に続く大海原《おおうなばら》だ。

へえ、と首をかしげる吾作とともに、登一郎は街道を進む。

日本橋を出て最初の宿場である品川宿は、江戸の御府内《ごふない》ではない。町奉行所の支配下でもないため取り締まりも行き届かず、乱暴者も多い。だが、江戸から近いため、遊びにやって来る男が引きも切らない。

道の先に品川宿の賑わいが見えてきた。

街道の両側に宿屋が並び、その前に娘達が出ている。

給仕のないときには、客を引き留める留女《とめおんな》として、外に立つのだ。道行く男の袖を引き、宿へと引き入れようと声を上げている。男らの多くは旅の客ではなく、いっとき娘を買う遊びの客だ。

「うちに上がってくださいな」

腕を引っ張られながらも、男は周りを見回して娘らの品定めをしている。

客の腕をつかんで取り合いをしている娘らもいる。

「横取りするんじゃないよ」

「なんだって、こっちが先に声をかけたんだよ」

登一郎は横目で見ながら、口元を歪めた。娘らの痩せた身体つきが、目に痛かった。

吾作もその顔を歪めてつぶやいた。

「こりゃ、江戸の岡場所よりすげえな」

つぶやきに登一郎も、うむと頷きつつ、宿屋の看板を見回していた。と、その顔を振り向けた。

「あったぞ」

指さす看板に、千鳥屋の文字があった。

あ、と吾作は足を止めた。

店の前の留女がこちらに寄って来る。

「お客さん、どうぞ」

腕を引きながら、登一郎も見上げる。

「旦那もご一緒ですか、さ、上がってくださいな」

うむ、と進み出ると登一郎は宿の奥を覗き込んだ。

「お雪という娘がいるであろう」

「そう」吾作も続ける。

「ほっぺたに傷のある……」

「ああ」女は手を離すと肩をすくめた。

「なんだ、お雪ちゃんのお馴染みさんですか、いますよ、どうぞ中に」

女は身を翻して、中へと入って行く。

登一郎と吾作も続いて土間へと入った。

「お雪ちゃん、お客さんだよ」

女の呼びかけに、はぁい、と声が戻ってくる。

間《ま》を置いて、雑巾を手にした娘が奥から現れた。頬に斜めの傷跡がある。

吾作の目が見開かれた。

「おひさ」

えっ、と手にしていた雑巾が落ちた。

その唇が震え、掠《かす》れた声が漏れ出た。

「ご、さく、さん」

ああ、と吾作は駆け寄って手を取る。

「よかった、おひさ、よかった、生きてたんだな」

あ、あ、と声を漏らしながら、おひさは膝を崩した。吾作は腕をつかんで、おひさを支える。

「探したんだ、江戸中あっちこっち、したら、品川に売られたって聞いて……」

おひさは引きつった顔で頷いている。

そこに廊下を足音が近づいて来た。

「なんだ」若い男が立って、皆を見た。

「お客さんか、そんなら上がってください」

登一郎は吾作に目顔を向けた。

「上がろう」その顔を男に向けた。

「このお雪をつけてくれ」

「へい、一人ってわけにゃいきやせんね、あとは……」

「じゃあ」お雪が顔を上げて、女を見た。

「お吉姐《きちねえ》さんも」

その顔を登一郎に向ける。

「ふむ、ではそうしてくれ。膳と酒も頼む」

「へい」男は背を向けた。

「じゃ、二階を用意しまさ。今ならひと部屋使ってもらえますんで。お吉、足を洗って案内しろ」

はい、とお吉はおひさと目を合わせて頷いた。

おひさは吾作の、お吉は登一郎の足を湯で足を洗う。

おひさは濡れた手で涙を拭き、顔中がびしょびしょになっていた。

座敷に膳が運ばれ、女二人が向かいに座った。

お吉が吾作を目で示しながら、おひさに口を開いた。

「お雪ちゃん、この人があんたが言っていた吾作さんかい」

おひさは、うんと頷く。「けど」と顔を上げた。

「なんで、こんなとこに……」

「そりゃ」吾作が拳を握った。

「夫婦になろうと言い交わした仲じゃねえか、探しに来たんだ」

「そんなの、もう……」

袖を目に当てるおひさに、吾作は首を振る。

「おらぁ、江戸に来て心配になったんだ。こっちじゃ毎日真っ白いおまんまを食えるし、見たことのねえような菓子だってある。もう村のことなんか忘れちまったろうと思ってよ」

「そんなこと……」

おひさは濡れた顔を振る。

「そうさ」お吉が赤い唇を開いた。

「あたしだって最初は白いおまんまに喜んだけど、そんなうれしさなんぞすぐに吹っ飛んじまったね、身を売るつらさにさ」

「そうか」吾作は拳で腿《もも》を打った。

「すまねえ、助けてやれなくて。身請けするつもりで村を出たのに、こっちに来てわかったんだ。身請けするにはたいそうな金がいるし、おらなんかじゃ、とてもそんな金作れねえって。ああ、おひさ、食べろ」

吾作は膳を押しておひさに近づける。

ためらうおひさに、「いいから」と吾作は箸を持たせた。

おずおずと食べ始めたおひさは、すぐに笑顔になって箸をせわしなく動かした。

登一郎はおひさを見た。

「売られて来たということは、年季がさらに乗せられたのであろう」

ええ、とおひさは頷く。

「十五両で売られて、ここに来てまた借金は増えるばっかり……着物のお代や布団のお代、紅おしろいのお代なんかが次々に増えて、もう二十五両をとっくに超えちまって……」

「なんと」と登一郎は眉を寄せる。

「それほど、負わされるのか」

「そうさ」お吉が首を振る。

「髪油だってなんだって、外で買うよりも高い値を乗っけられるんだ。そうやって金で縛って、抜けられないようにするんですよ」

溜息をついたお吉は、そのまま咳き込んだ。

登一郎は膳を手で押した。

「これを食べるがよい、冷めないうちに」

「え、だって……」

お吉はとまどいの目を上げるが、登一郎が笑みを作って頷くのに、じゃ、と箸を取った。

おひさの皿や小鉢が空くのを見ながら、吾作は顔を歪めた。

「普段、碌な物を食わせてもらえないんだろう、全部、食べろよ」

おひさは赤い目で頷く。

お吉はそのやりとりを見て、おひさに笑いかけた。

「そっか、こんなお人がいたら、身を売るなんざ地獄の責め苦に違いないね」

お吉はおひさの頰の傷を指で差した。

「知ってるかい吾作さん、お雪ちゃんのこの傷、あんたのためにわざとつけたんだってよ。あたしゃ聞いておったまげたもんさ」

えっと、吾作は身を乗り出した。

「おれのためって……」

おひさは箸を置くと、泣き笑いの顔になった。

「あたし、最初に売られた深川で、しばらく店には出されなかったの。顔がおかめだからって」

おかめ、と登一郎はその顔を見た。確かに丸い顔で鼻も丸く、おかめの面《めん》に似てなくもないが……。

「でも」おひさは目で笑う。

「それがうれしかった。身を売るなんていやだから。けど、そのうちに買い手がついたって……お運びをしていたのに、見られてたみたいで」

「ああ」お吉は言う。

「娘はどんなおかめだって、年頃になりゃきれいになるもんだからね」

おひさは顔を伏せる。

「それで、客を取らされて……ほんとにいやだった。だから、ほっぺを切ったの。傷物になれば買う客もいなくなると思って。そしたら切られ松ってへんな評判になって、物好きなお客がついて……」

お吉がふん、と鼻で息を吐く。

「そんなもんさ、客なんてのは。そこから根津に売られて、もっと客がついちまったんだろう」

うん、とおひさは頷く。

「面白がるお客もいて……」

登一郎は眉を寄せた。

「松雪という名は、自分で考えたのか」

「ええ、子供屋で白雪《しらゆき》ってつけられそうになったんです。おかめだけど色が白いからって、でもあたし、白じゃなくて松がいいって言ったんです。いつか松木村に帰れるように、と思って」

「おひさ」

吾作は目をつぶって、首を振った。その顔を上げると、懐に手を入れて膨らんだ巾着を出した。

「これを使ってくれ。身請けするほどの金は作れなかったが、江戸に来てからいっぺえ働いたんだ。これで少しでも借金を減らしてくんな」

前に置いた巾着を、おひさは押し返した。

「思いだけで十分……どのみち、生きて戻れるとは思っちゃいないから」

「そうさ」お吉が口を歪めて笑う。

「あたしらは屍《しかばね》にならなきゃここを出られないんだ。行く先は投げ込み寺っきゃないのさ」

笑いが咳を生んで、お吉は喉を鳴らす。

「投げ込み寺」登一郎は顔を巡らせる。

「品川にもあるのか。吉原にあるのは聞いているが」

地方から売られて来た吉原の遊女は、引き取り手がないため、遺体は近くの寺に運ばれて終《しま》いになる。運んだ者らは投げ込んで帰ってしまうため、投げ込み寺と呼ばれていた。

「ありますよ」お吉が笑う。

「海蔵寺《かいぞうじ》ってお寺が、引き取り手のないもんを供養してくれるんです。あたしらだけじゃない、近くの鈴ヶ森《すずがもり》刑場で死罪になったもんや、行き倒れや海で溺れたもんまで、手厚く葬ってくれるんだ。そこが最期に行き着くとこってわけさ」

お吉はまた咳き込み、酒を流し込んだ。

むう、と登一郎は腕を組んだ。

吾作はおひさの手を握りしめている。

それを見ながら登一郎は立ち上がった。

「吾作さんはゆっくりしていくといい。わたしは払いをすませておく」

え、と見上げる吾作に頷き、登一郎はあくびをしているお吉を見た。

「お吉さんは昼寝をするといい。金は払うのだからいっとき放っておけ、と話をつけておく」

「え、いいんですか」

お吉は笑顔になった。

吾作とおひさも手を取り合う。

登一郎は目で笑うと、部屋をあとにした。

階段を下り始めた登一郎は、階下の声に足を止めた。

一階の部屋から、男の怒鳴り声が聞こえてくる。首を伸ばすと、その中が見えた。

男が娘を蹴飛ばしている。

「おめえみてえな役立たずに食わす飯なんかねえんだ、人並みのことを言うんじゃねえ」

娘の呻き声が聞こえてくる。

「ごめんなさい、もう言いません」

「ほんとにわかったか」

「はい、銀次《ぎんじ》さんの言うとおりにしますから」

登一郎は男の顔を覗き込んだ。細面《ほそおもて》だが、吊り上がった目は大きい。

「このっ」

銀次がまた足を上げたのを見て、登一郎はわざと大きな音を立てて、階段を下りた。

部屋がしんとなる。そこから娘の泣き声が微かに聞こえてきた。

三

朝、着替えをすませた登一郎は階下に耳を澄ませた。

いつもなら吾作が掃除をする音が聞こえてくる。が、今日はそれがない。

吾作は昨日、夕方になってから戻って来た。うれしそうな顔になったかと思えば黙り込み、溜息をついたかと思えばにやにやしたりと、すっかり違う吾作になっていた。

階段を下りた登一郎は、ぎょっとして止まった。吾作が正座をして待っていたのだ。

「お願いがありやす」

吾作は額を畳につけた。

「なんだ、どうしたというのだ」

戸惑いつつ、登一郎はしゃがんで向き合う。

「働きに行かせてくだせえ」顔を上げた吾作が強い声を上げた。

「すいやせん、もう少しここに置いてくだせえ。そんで、図々しい願いだけんども、外に働きに行きてえんです。長兵衛らも捕まって、もう身を隠さなくてもよくなったし」

「ふうむ、それはかまわんが」登一郎は顔を覗き込んだ。

「金を作りたいのだな」

「へい、荷揚げをやれば稼げるんで、金をこしらえて、そんで品川で暮らそうと思ってるんでさ」

見上げる真摯《しんし》な眼に、なるほど、と登一郎はつぶやいた。そうか、品川に住んで、おひさの宿に通うつもりか……しかし、身請けできるわけでもなく、日々、身を売るおひさを見るのはかえってつらかろう……それに、あの宿では長生きはできまい、それを見届けるとなれば……。

登一郎は吾作の肩に手を置いた。

「働きに出るのはかまわん。うちの仕事はもう気にせずともよい」

ええ、と台所から声が飛んできた。

佐平が座敷にやって来る。

「毎日、掃除からなにからやってもらって、あたしがやることはなくなってしまいましたからね、どうぞ、外に出てください」

佐平と登一郎は目顔で頷き合う。

まあ、と登一郎は肩を叩いた。

「やっと会えたのだ、吾作さんの思いはよくわかる」

情《じよう》を交《か》わせば、ますます離れがたくなるというものだ……。登一郎は頷いて、立ち上がった。

「わたしも昨日から考えてはいるのだ。さすがに二十五両を都合することはできぬゆえ、なにかよい方策がないものか、とな」

「すんません」吾作が見上げる。

「そんなことまで……けど、十分でさ。とりあえず、働きに行かせてもらえるだけで、ありがてえこって」

その吾作の背中を、佐平がぽんぽんと叩く。

「ま、ともかく朝飯にしましょう。吾作さん、お膳を運んでくださいな」

へい、と立ち上がって台所へとついて行く。

味噌汁の匂いが、流れてきていた。

夕刻。

表に二人の人影が立った。

「ごめん」の呼び声に、登一郎はすぐに立ち上がった。清兵衛の声だ。ということは、と登一郎は表戸へと寄って行った。

「どうぞ、入られよ」

戸が開いて現れた顔は、思ったとおり遠山金四郎だった。

「邪魔をいたす」

二人とも手に酒徳利を持っている。

「おう、これは」

招き入れながら、登一郎は外に目を向け、金四郎にささやいた。

「今日は表からで障りは……」

前に来たときには、あとを尾けて来る者を撒いて、裏から入って来たのを思い出していた。

ああ、と金四郎は首を振る。

座敷にどっかと座ると、音を立てて酒徳利を置いた。

「勝負はついたのだ」

え、と登一郎と清兵衛は目を見交わす。

金四郎は大きく息を吐くと、

「勝ったが、負けた」

と、言い放った。

「どういうことだ」

斜めに座った清兵衛が首をかしげる。

「うむ」

登一郎も対座して金四郎を見た。

酒徳利を佐平に渡すと、金四郎はふうっと息を吐いた。

「鳥居耀蔵には勝った、が、水野様に負けた、とでも言おうか」

金四郎はぱんっと膝を打った。

「北町奉行はお役御免だ」

えっ、と目を見開く二人の顔を、金四郎は交互に見た。

「内々に告げられたのだ。二月の二十四日でお役御免となる。今度は大目付だ」

「大目付」

登一郎と清兵衛の声が重なった。

大目付は大名を監察《かんさつ》する役目だ。旗本が就く役目の最上位であるが、閑職《かんしょく》でもある。

ううむ、と登一郎は唸った。

「そうか、しかし鳥居耀蔵が目論《もくろ》んだ罪をでっち上げて罷免、という策は失敗した、ということだな」

「なるほど」清兵衛が頷く。

「さんざんあとを尾けさせても、罪をでっち上げることはできなかった、ということか。確かに勝った、と言えるな」

「ふむ」登一郎が受ける。

「しかし、お役御免とされたことは負けともいえる。そういうことか」

「ああ」金四郎はまた膝を叩く。

「大目付に転出となれば形の上では出世、文句をつけることはできん。くそう、うまく考えやがった」

若い頃に町暮らしをしていた金四郎は、町言葉が口をついて出る。

むう、と登一郎は顔を歪めた。

「姑息《こそく》な手を使いおって」

「おう、腹が立って収まりがつかん」金四郎は台所へと顔を向けた。

「燗はほどほどでいい、酒を持ってきてくれ」

はい、と佐平の返事が返る。

「しかし」登一郎は顔を振った。

「まさか遠山殿だったとは……城中でお役替えがありそうだ、という噂は聞いていたのだが」

「ほう、そうなのか」

覗き込む清兵衛に、登一郎は目で頷く。

「うむ、どうやら寺社奉行がお役御免になりそうだ、と知り合いから聞かされていたのだ」

「おう」金四郎が声を上げた。

「それも本当だ。松平伊賀守殿も二月二十日を以って、寺社奉行と兼帯《けんたい》なすっていた奏者番《そうしゃばん》、ともにお役御免が決まった」

「真に……なにか罪を問われたと」

身を乗り出す登一郎に、金四郎は首を振る。

「いいや、罪はなくただのお役御免だ。妖怪といえど、さすがに松平家の大名に冤罪を科すわけにはいかんだろう」

「なるほど、では、ほかのお役を」

「いや、そのあとのお役は決まっていないそうだ。まあ、伊賀守殿は上田藩主《うえだはんしゅ》だから な、城中のお役などなくともお忙しかろう」

「なるほど」

「後釜《あとがま》もすでに松平和泉守乗全《いずみのかみのりやす》殿と決まっておるのだ」

「では、遠山殿のあとは」

「それも決まっている。阿部正蔵《あべしょうぞう》殿だ」

ううむ、と眉を寄せる登一郎を、清兵衛が覗き込む。

「どういうお人なのだ」

「お二人とも水野様に従順だ。鳥居耀蔵とも対立などしていない」

ふん、と清兵衛が鼻を鳴らした。

「わかりやすい話だな」

「まったく」登一郎は拳で膝を打った。

「義を通す遠山殿が外れれば、世はますます悪くなるばかりだ。なんたることかっ

「……」

登一郎は台所へと声を投げた。

「佐平、酒を頼む」

「はい、今」

燗のついた酒の香りが漂ってきた。

四

朝の布団の中で、登一郎はじっと天井を見つめていた。

うむ、それがよい、とつぶやいて身を起こす。と、頭を押さえた。

昨晩の酒が残って頭痛になっている。

あたた、と身を起こす登一郎は、階下の音に耳を立てた。吾作の歩く音だ。

昨夜は、仕事の帰りに湯屋に寄って来た吾作と、入れ違いに金四郎は帰って行った。

町奉行とは知らない吾作は、よろめく金四郎を支えて、見送っていた。

登一郎は慌てて階段を下りる。吾作は仕事に行くために、すでに土間に下りていた。

「待て」

呼び止めると、吾作は止まって振り向いた。

寄って行った登一郎は、正面からその顔と向き合った。

「そなた、おひさちゃんと村に帰りたいと思うているか」

「そりゃもう」吾作は身を回して向き合った。

「それができりゃ、なんも言うこたぁねえ。村ぁ戻って百姓やって、一緒に暮らしていければ、そんなうれしいこたぁねえ」

「そうか」と登一郎は頷いた。

「よし、わかった」

怪訝そうに首をかしげる吾作の肩を、登一郎はぽんと押した。

「仕事に行ってこい」

へえ、と吾作は背筋を伸ばして、そんじゃ、と出て行った。

さあて、と登一郎は腕を組む。

そこに佐平が「先生」と寄って来た。

「朝餉が冷めちまいますよ」

おう、と登一郎は膳の前に座った。

朝餉をすませた登一郎は、横丁の端の家へと行った。

「龍庵殿、おられるか」

問いながら戸を開けて覗き込む。

「はい、どうぞ」

龍庵は薬研《やげん》を回していた手を止めて、顔を向けた。

「邪魔をいたす」

登一郎は上がり込んで、向かい合った。

「薬を調合しておられたか」

「ええ、大店の女将さんから頼まれましてね。旦那さんをもっと元気で働かせたい、ということで」

ははは、と笑う龍庵に、登一郎は小声でささやいた。

「実はわたしも薬を頼みたいのだ」

「はい、どこかお悪いので」

「いや、わたしではないのだ、相手は……」

登一郎の話に、ふむふむ、と龍庵は筆を走らせる。

「女で歳は十八……痩せてるんですね。顔色は……白い、と。唇の色はどうですかな」

ううむ、と登一郎は首をひねった。

「紅を塗っていたゆえ、色は……」

「では、頬の色は」

「ああ、それは悪くない、血色はよかった」

登一郎は二人並んだ女の顔色を思い出していた。お吉が青白い頬をしていたのに比して、おひさは赤味のある頬をしていた。

「では、声の調子はどうですかな、大きいか小さいか、張りがあるかないか」

「ふうむ、声は小さくなかった。張りもあったように思うが……そのようなことも大事になるのか」

「ええ、人の質《たち》というのは大事でして、暑がりか寒がりか、怒りっぽいかひがみっぽいか、などなどで、合わせる薬が違いますでな」

「ほう、そうなのか。気性で言えば、気が強いのは明らかだ」

登一郎はおひさの顔を思い出していた。頬を切るなど、気が弱くてはとてもできまい……。

「なるほど」龍庵は書き留める。

「して、どこが悪いのか、当人はなんと言っておられるので」

いや、と登一郎は膝行して間合いを詰めた。

「実は、そこが相談なのだ……」

抑えた声で、話し始めた。


龍庵の家を出た登一郎は、先日歩いた東海道を、再び辿《たど》った。

街道は変わらず、江戸から上《のぼ》って行く者、西から下って来た者らが、多く行き交っている。

品川宿に入ると、遊びに行くだけの男らも、また多い。右から左から声が飛んできた。

「旦那、上がっていってくださいましな」

すぐに留女が寄って来た。

「すまんな、行く所があるのだ」登一郎は娘と向き合った。

「そなた海蔵寺を知っているか」

ああ、と娘は浮かべていた作り笑いを消した。

「知ってますよ、あたいらが行くとこだもの」

娘は手を上げると、来た道を示した。

「通り過ぎちまってますよ。ここを戻って左に曲がって、道を少し行くんです。そしたら、左側に細い参道があるから、すぐにわかりますよ。わかんなかったら、投げ込み寺って訊きゃあ、知らないもんはいないから」

娘は歪んだ顔で笑うと、すぐに離れて行った。

別の男の袖を引く娘を見ながら、登一郎は踵を返した。

来た道を戻ると、左に曲がる辻が見つかった。

ここか……。進むと、すぐに細い参道があった。

投げ込み寺と呼ばれているだけあって、門はあるが扉がない。いつでも人が入れる仕様だ。

境内に入ると、本堂と周囲の墓地が目に入った。

本堂の裏のほうから、線香の匂いが漂ってくる。

そちらに行くと、石造りの地蔵や観音が並んでいた。花が手向《たむ》けられ、手を合わせている女がいた。

登一郎の足音に女が振り向き、すぐに立ち上がった。

去ろうとする女に、登一郎は声をかける。

「ここは無縁仏の墓か」

ええ、と女は足を止めた。

「首塚《くびづか》ですよ。鈴ヶ森で刎《は》ねられた首を祀ってくれてるんです。ここをお参りすると、頭痛が治るって言われてるんですよ」

「ほう、そうなのか」登一郎は並ぶ石像を見た。

「遊女や行き倒れも供養してくれると聞いたが」

「そうですよ、海で溺れたお人だって……行き場のないもんは、誰でも供養してもらえるんです」

女はそう言うと、小さく頭を下げて小走りになった。

登一郎はそこに佇むと、並んだ小さな石仏を見つめた。そして、それにゆっくりと背を向けて、寺を出た。

東海道を戻りながら、さあて、と考え込んだ。

それなりの道のりだ、駕籠を雇うか……。脇を通り過ぎて行く駕籠を見ながらつぶやく。

街道沿いには、海が広がり、水面《みなも》を小舟が行き交っている。

お、そうだ、と登一郎は手を打った。こんなときこそだ、と登一郎は足を速め、江戸へと戻った。

横丁に戻った登一郎は、口利き屋の家の前に立った。

「利八さん、わたしだ」

声をかけると、はい、とすぐに戸が開いた。

「こりゃ、先生、ご用ですかい」

「うむ、相談があるのだ」

土間に入った登一郎は、上がり框に腰を下ろした。

はあ、と横に並んだ利八に、登一郎は顔を向けた。

「利八さんは顔が広いであろう。漁師の知り合いはないか」

「漁師、ですか。まあ、何人か知ってますが、魚の注文ですかい」

「いや、そうではなく……」

登一郎は小声で話し始めた。

五

東海道を、登一郎と吾作は並んで歩く。

吾作は横目で登一郎を見ると、小さな声を出した。

「ほんとに、できるんですかい。おひさを助け出すなんて」

「うむ、手筈は整えてある。心配いたすな」

「けど……」

喉を震わせる吾作を、登一郎は覗き込んだ。

「おひさちゃんと村に戻りたいのであろう」

「や、そりゃもう」

「ふむ、なればやるしかない。このままあの宿にいれば、いつまで生きられるかわからんぞ」

「それは……おらも思ってやした。そしたら、おらもすぐに死んでやろうって、あの世で一緒になればよかろうと……」

「なんと」登一郎は首を伸ばす。

「あの世に望みを繋げるなど、もってのほか。この世をこそ、存分に生きねばならんのだ」

言いながら登一郎は顔を歪めた。いや、この世が歪んでいるから、そういう思いが生まれるのだ……。

「娘を売り買いして物のように扱う輩《やから》に、義などない。なれば、こちらもそれに対するのみだ」

登一郎は顔を上げて足を速める。

吾作も黙って頷くと、登一郎を追い抜いた。

街道の上には、薄く西日が差し始めていた。


千鳥屋の前に行くと、すぐに袖を引かれた。おひさでもなくお吉でもない娘だ。

店の脇には男が立って、留女のようすを見つめている。

登一郎は横目を向けた。あの男、娘をいたぶっていた銀次だな……。

「上がってってくださいましな」

袖を引く娘に、

「おう、では上がろう」

登一郎は吾作とともに宿に入った。その娘に足を洗ってもらっていると、銀次が入って来た。

「泊まりですかい」

「いや」登一郎は首を振る。

「膳と酒、それと女を頼む」

「へい、女は二人ですかい」

銀次の声に、登一郎は頷く。

「うむ、お雪とお吉がよい」

む、と銀次は顔をしかめる。

「その二人にゃ、今、客がついているんで、別の娘をつけまさ。その娘、顔はなんだが、いい身体してますぜ」

足を洗う娘を顎で示す。

吾作が顔を歪めるのを見ながら、登一郎は首を振った。

「いや、前に買ったお雪とお吉が気に入ったのだ。待つからかまわん」

「さいで」銀次は廊下に声をかける。

「奥の部屋にご案内だ」

へい、とやって来た手代が、二人を案内した。

膳を前にして並んでいると、吾作が唾を飲み込む音が聞こえてきた。

登一郎も喉に渇きを感じて、酒を流し込む。

「大丈夫だ。うまくいく」

己にも言い聞かせるように、登一郎は吾作に言う。

しばらくすると、足音がやって来た。

「お待たせを」襖を開けたのはお吉だった。

「あらまあ」

目を丸くして入って来る。

「うむ」登一郎は自分の前に手招きをする。

「また来た、お雪ちゃんも呼んである」

「そうですか、きっとすぐに来ますよ」吾作に微笑みかける。

「お雪ちゃん、喜ぶわ」

そう言いながらも眉が曇るのに、登一郎は気がついた。

「お雪ちゃんは変わりないか」

「変わり……」ちらりと吾作を見る。

「まあ、喜んでましたよ、吾作さんと会えて。けど、その分、よけいにつらくなっちまったんでしょうよ、身を売るのがさ。これまでは、泣いたことなんかなかったのに
……」

お吉は細い息を吐く。

吾作はぐっと拳を握った。登一郎が目を向けると、吾作は腹を固めたように、頷いた。

お吉は目元を歪めて小さく笑った。

「あたしゃ今まで、心中なんて浄瑠璃《じょうるり》の中の話だと思ってたんだけど、お雪ちゃんたら、いっそ心中したいなんて言ってさ、こっちまでもらい泣きしちまったよ」

「心中……」

吾作の声が掠れる。

「あらやだ、まさか、ほんとにやるつもりじゃないだろうね」

目を剝くお吉に、登一郎がささやく。

「しようとしたら味方するか」

「味方……そりゃ、するけど……ああ、けど、死んじまったら身も蓋もないってもんだよ」

そこに走るような足音がやって来た。

声もかけずに戸が開き、おひさが飛び込んできた。

「やっぱり」そう言って、吾作の横に座った。

「来てくれると思ってた。お侍さんと二人連れって聞いて、そうだと思った」

登一郎とお吉が目を細めて見る。

「お吉」登一郎は改めて顔を向ける。「そなた、味方してくれるのだな」

え、と首をかしげるも、すぐに縦に振った。

「ああ、しますよ、心中ですか。もういっそ、あの世で一緒になるのもいいかもしんないね」

「いや」登一郎は声を低めた。

「お雪、いや、おひさちゃん、吾作さんと逃げる気はあるか」

「逃げる……」

「そうだ、二人で村に帰るのだ」

「そりゃ、そうできれば、うれしいけど……」

吾作がおひさの手を握った。

「ここを出るんだ、そんで村に帰ろう」

「帰るって……」

目を丸くするおひさに、登一郎は懐から小さな紙包みを差し出した。

「中に丸薬《がんやく》が入っている。今夜、これを飲むのだ。飲むと吐き戻しが起こる。泡も吹くかもしれん」

おひさは震える手で包みを受け取る。揺れる眼に、登一郎は頷く。

「大げさに苦しむのだ。そして、人が来たら息を止めろ」

登一郎はお吉を見た。

「お吉さんは、できればそこに駆けつけてくれ。そして、死んだ、と騒ぎ立ててほしいのだ」

あ、とお吉は声を呑み込んだ。

「そうか、死んだことにするんだね」

「そうだ。死ねば投げ込み寺に捨てられるのであろう。おひさちゃんは死んだふりをして、なんとか寺まで頑張ってくれ」

おひさはその顔を上げた。

吾作が肩をつかむ。

「おらが迎えに行く。そんで、一緒に逃げるんだ」

「うむ」登一郎が頷く。

「手筈は整えてある。どうだ、やるか」

おひさは紙包みをぎゅっと握りしめた。

「やる」

「よし」登一郎はお吉に目を向ける。

「どうだ、味方してくれるか」

お吉は目を瞠って頷いた。

「いいよ、やってやる。あたしゃどうせもう長かぁないんだ。最後に一つくらい、いいことしたかったんだよ」

おひさはお吉に身を寄せる。

「ありがと……姐さん……」

「いいってことよ」

お吉はその背中を撫でる。

「では」登一郎はささやく。

「我らは向かいの宿に泊まる。ずっと見ているから、心配はするな」

おひさは大きく頷いた。

夜の闇が下りたなか、登一郎と吾作は窓辺に並んでいた。

向かいの千鳥屋のようすがよく見える。

丑三《うしみ》つ時を過ぎた頃、千鳥屋から声や物音が上がった。

登一郎と吾作は、目で頷き合う。

騒ぎはほどなく静まった。

やはりな、と登一郎は胸中でつぶやいた。飯盛り女が一人死んだところで、宿にとっては大したことではないだろう……。

「おそらく」登一郎はつぶやいた。

「捨てに行くのは人目の少ない夜明け前だろう。荷車を使うであろうから、音でわかるはずだ」

「へい」吾作が頷く。

「おらぁ、このまま見てっから、寝てくだせえ」

ふむ、と登一郎は布団に横になった。さすがに、疲れが身体を重くしていた。身を横たえると、うとうととまどろんだ。

耳になにかの音が入ってきた。

「もし」というささやきが聞こえてくる。

目を開けた登一郎の前に、吾作の姿があった。

「さっき、荷車が出て行きやした。筵《むしろ》が被せてあったから、おひさに違《ちげ》えねえ」

そうか、と登一郎は窓を見た。東の空には、すでに夜明けのほんのりした光が広がっている。

「荷車の帰りと行き合ってはまずい、しばらく待ってから出よう。ちょうど明け六つになる」

時の鐘が鳴るなか、身支度を調《ととの》え、二人は宿を出た。

「こっちだ」

登一郎は海蔵寺へと腕を上げた。吾作は走り出す。

登一郎も急ぎ足になって、辻に佇む吾作に追いついた。

「左だ」ともに走って行く。

境内に走り込むと、そのまま無縁仏の墓へと向かった。が、投げ捨てられたはずのおひさの姿はない。

辺りを見回していると、本堂の床下から、声がした。

覗き込むと、細い腕が伸びて、揺れている。

「おひさ」

吾作がそれを引っ張る。

膝をついて出て来たおひさは、よろけて吾作にすがった。

「大事ないか」

登一郎が覗き込むと、おひさは声もなく頷いた。

「吾作さん、おぶってやれ」

登一郎はおひさを抱えて吾作の背に乗せる。それを手で支えると、吾作は立ち上がった。

「よし、行くぞ」

登一郎が先に立ち、吾作が続いた。

寺の門へと走った登一郎は、あっと、足を止めた。

門の外に、銀次の姿があった。

首を伸ばして吾作を見た銀次は、けっと、息を吐いた。

「やっぱりか、変だと思ったんだよ」肩を揺らしながら近寄って来る。

「お吉ならいつおっちんでもおかしくねえが、お雪はぴんぴんしてたからな」

その腰には、短刀が差してある。

吾作は顔を引きつらせて、後ずさった。それに向かって走ると、銀次はおぶわれた

おひさの顔をつかんだ。

「そら、生きてやがる」

銀次はその顔を放すと、その手を短刀に回した。

「置いていきな」

短刀を抜いて、掲げる。

登一郎も刀を抜き、言い放った。

「この娘、こちらがもらう」

構えた登一郎に、銀次が向き合う。

「へっ、侍が拐《かどわ》かしなんぞやっていいのかい」

刃を向ける銀次に、登一郎も切っ先を向けた。

「これまで、ここに何人の娘を捨ててきた」

へん、と銀次は鼻を鳴らす。

「さあな、数なんざ覚えちゃいねえな」

ずっ、と音を立てて、足を踏み出す。

「そうか」登一郎もつま先を回した。

「なれば、一人もらい受けても痛くもかゆくもなかろう」

銀次が腕を振り上げる。

「勝手なこと、ぬかしてんじゃねえよ」

空《くう》を切って短刀が迫る。
登一郎の刀がそれを受け、弾いた。
飛びそうになる短刀を握り直し、銀次が地面を蹴った。
まっすぐに突いてくる刃を、登一郎は左に躱す。
と、身を翻し、登一郎は刀を回した。
銀次の脇からその太股に斬りつけた。
身を崩した銀次が睨みつける。
登一郎は背後に回り、白刃を振った。
足首を狙って、斬る。
うおう、と呻いて、銀次が転がる。
登一郎は刀を納めると、吾作に向けて顎をしゃくった。
「行くぞ」
走り出す登一郎に、へい、と吾作も続く。
街道に出て横切ると、海へと走る。
広がった海岸は朝日を浴びて光っている。
「あそこだ」

登一郎は手を上げて、吾作を振り返った。

「あの舟に乗るぞ」

小さな桟橋の横に舟が着いている。船尾には棒が立って、白い旗が揺れている。

「へ、へい」

おひさを背負った吾作も走る。

船頭は駆け寄る姿を見て、棹《さお》を手にした。

走り寄った登一郎は、舟に飛び乗った。

追いついた吾作に手を伸ばす。その手をつかむと、吾作も舟に飛び乗った。

船頭が棹を差す。

「出しますぜ」

「おう、頼む」

登一郎は声を上げ、振り返った。

追って来る姿はない。

吾作はゆっくりとおひさを下ろす。

「大丈夫か」

向き合った吾作に、おひさはしがみついた。

六

火鉢に寄りかかったおひさに、佐平が急須を差し出した。

「さ、お代わりだ」

おひさは手にした茶碗を差し出す。肩からかけた登一郎の羽織がずれ、それを佐平が押さえた。

注がれた茶を飲むおひさに、登一郎は頷いて見せる。

そこに「先生」と、表の戸が開いた。龍庵が入って来る。

「おう、龍庵殿、診てやってくれ」

登一郎の言葉に、龍庵は座敷に上がって来た。

おひさの顔を見て、

「どれ、口を開けてごらん」

と、覗き込む。首筋に手を当てて脈を確かめると、手を取って指先を触った。

「しびれはないか」

おひさが頷くと、龍庵は面持ちを弛めた。

「うむ、大事ないな。声は出るか」

「はい」

と、嗄《か》れた声が出た。

「ふむ、喉が嗄れたな、それは吐いたせいだ、すぐに治る」

おう、と登一郎は頰を弛めた。

「龍庵殿に言われたとおり、お茶をどんどん飲ませておる。梅干しも入れた」

「それはよい、梅干しは毒消しになるからな」龍庵は笑顔になった。

「うまくいってなによりだわい。もう少し落ち着いたら、湯屋に行って温まるといい。汗をかくと薬も抜けるでな」

おひさは頷きながら、ほつれた髪をかき上げた。

登一郎は膝を回して龍庵に向き合った。

「龍庵殿のおかげだ、かたじけない」

頭を下げる登一郎に、龍庵は「なに」と手を上げて立ち上がった。

「では、わたしはこれにて、もう心配はいらぬ」

おひさも手をついてふかぶかと頭を下げた。

龍庵が出て行くと、入れ違いに吾作が駆け込んで来た。

「買ってきたぞ、着物と帯」

丸めた古着を抱えて上がり込んで来る。

茶色の着物をおひさの前で広げ「どうだ」と振って見せる。

「ちょっと地味だけんども」

「ううん」おひさは首を振る。

「こういうのがいい」

「うむ」登一郎は頷く。

「目立たないほうがよい。さっそく、二階で着てきなさい」

はい、とおひさは着物を抱えて階段を上っていった。

吾作は膝をつくと、登一郎に向き合った。

「もう、ほんとに、なんて言やぁいいか、ありがとうございやした」

畳に額をつける吾作の肩を、登一郎はつかんだ。

「礼などよい、わたしが思いのままにやったことだ」

「けんども……」上げた顔を袖で拭う。

「まさか、おひさと村に帰れるなんて、思っちゃなかったもんで」

吾作は赤くなった目を上に向けた。

「諏訪は春が遅いから、これからいろんな花が咲く。おひさと見られるなんて、夢みてえだ」

階段を下りる音がして、きりりと帯を締めたおひさが現れた。乱れていた髪も整えたものの、ほつれが残っているのを、手で押さえている。

登一郎はそれを見上げた。

「湯屋に行ったら、髪も結ってもらうといい。今度は丸髷《まるまげ》でな」

これまで結っていた島田髷《しまだ》は娘の髪型だが、嫁いだ女は丸髷に結うのが倣《なら》いだ。

「丸髷」

つぶやくおひさに登一郎は微笑んだ。

「そうだ、もうおかみさんだからな」

あ、と吾作が肩をすくめる。その目をおひさに向けると、二人の目が宙で合い、笑顔になった。

「いや」と登一郎は立ち上がる。

「その前に、もうひと手間が残っていた。代書屋に行かねばならん、二人ともついてくるがよい」

外へと出る登一郎に、二人も続く。

斜め向かいの戸に立つと、

「落山《らくざん》殿、わたしだ」

と、声を上げた。

「はい、どうぞ」

戸が開いて、落山は皆を中へと招き入れた。

向かい合って、登一郎が二人を目で示す。

「実はな……」

話を聞いた落山が、はいはい、と筆を手に取った。

「通行手形ですね、おまかせください」

文机に紙を広げると、落山はおひさの顔をまじまじと見た。

「出女《でおんな》には厳しいですからね、人相も書かねばならんのですよ。丸顔、色白、ええ、その頬の傷、いいですな」

「え」とおひさは頬に手を当てた。

「これが……」

「はい、ひと目で当人とわかる。すいすいと関所を通れますよ」

落山は筆を走らせていく。

おひさと吾作は目を交わす。おひさは頬を撫でながら、笑顔になった。

「これが役に立つなんて……」

吾作がおひさの背を撫でる。

「ひょうたんから駒、だ。ちょっと違うかもしんねえけど、よかったってこった」

二人から笑い声が漏れる。その声は高まっていき、登一郎もつられていった。


翌朝。

横丁を出て、登一郎は振り返った。後ろには旅姿のおひさと吾作が並んでいる。

「わたしが案内をするゆえ、二人はついて来るのだぞ」

「はい」

二人が頷いた。

神田を抜けて、登一郎は外濠沿いの坂を上って行く。

右側を指して、登一郎は振り返った。

「ここが神田明神だ、抜けて行こう」

立派な社を見上げながら、おひさが目を丸くする。

やはりな、と登一郎は思っていた。売られた娘は出歩くことを許されない。江戸に暮らしながら、江戸を見たこともなかったに違いない……。

「本当なら」登一郎は目元を歪める。「上野も浅草も見せてやりたいところだが、これ以上、江戸には長居しないほうがよい。あと一つ、神楽坂の毘沙門天も寄れるが、それで物見は終わりだ」

おひさは大きく首を振った。

「もう、それで十分です。江戸の町を歩けるなんて、それも吾作さんと一緒にだなんて……」

吾作も横で笑顔になる。

そうか、と登一郎も面持ちを弛めて、歩き出す。

しばらく歩いて、神楽坂へと入った。

坂を上ると、賑やかな毘沙門天に着いた。

「道中の無事をお祈りしていこう」

そういうおひさに引っ張られて、吾作もお堂に手を合わせる。

その二人を待つ登一郎に、後ろから声がかかった。

「先生」

走って回り込んできたのは同心の大崎だった。

「おお、これは大崎殿。奇遇だな」

「ええ、真に。お参りですか」

いや、と登一郎は目を横に向けた。

吾作とおひさが戻って来たところだった。

あ、とかしこまる吾作に、大崎は笑みを見せた。

「おう、そなたであったか」

旅の装いと、後ろのおひさを見る大崎に、登一郎は言った。

「女房と村に帰ることになったのだ」

「ほう、そうであったか」

大崎が目を向けると、おひさはふかぶかと腰を折った。

登一郎は小声になる。

「まあ、ちとわけありゆえ、わたしが内藤新宿《ないとうしんじゆく》まで送って行くことにしたのだ」

ふむ、と大崎は目を動かした。

「では、わたしも同道しましょう」

さ、と歩き出す。

登一郎は二人に目で笑った。

「用心棒が二人になったぞ」

夫婦は目を交わしながら、歩き出した。

神楽坂の人混みを離れると、登一郎は大崎に横目を向けた。

「お役目はよいのか」

「ええ、もうすみました。昨日、神楽坂で巾着切りが出たので、話を聞きに来たのです。掏《す》ったのは若い男だったそうで、人相は聞きましたから」

「ほう、大崎殿は相変わらず、奢侈禁止令の取り締まりとは無縁なのだな」

はい、と大崎は苦笑する。と、それを真顔に変えて、声を低めた。

「実は、いやな話が聞こえてきまして……」

「遠山殿のことか」

「あ、ご存じでしたか」

「うむ、聞いた」

本人から、という言葉は呑み込んだ。

いやぁ、と大崎は大きな溜息を吐いた。

「遠山様が鳥居様の抑えとなっていたというのに……おられなくなったら、どうなるのかと……」

「うむ、南町奉行の勢いがますます強まるであろうな。そうしたいがために、遠山殿を追いやったわけだしな」

顔をしかめる登一郎に、大崎も続く。

「ええ、まさに」拳を握ると、大崎はそれを胸元に上げた。

「なので、この先はもっと気を張っていかねば、と思うています」

「ほう、それは頼もしい。大崎殿は流れに捲かれる気は毛頭ないのだな」

はい、と大崎は拳をさらに上げた

「南町ではすっかりはぐれ者になっているのです。このまま通しますよ」

「ふむ、はぐれ同心か、よいではないか」

登一郎の笑みに、大崎は胸を張る。

道は四谷《よつや》を過ぎ、道の先に内藤新宿の町が見えていた。その人混みを四人は抜けた。

「ここまで来れば、もう大丈夫だ」

宿場町の外れで、登一郎は二人に言った。

足下から続く甲州街道は、そのまま諏訪へと繫がっていく。

「ありがとうございやした」

夫婦は何度も腰を曲げる。

「もうよいから行け」

そう登一郎に促されて、やっと歩き出した。

登一郎と大崎は、遠ざかって行く背中を見送った。

「先生」大崎が顔を向ける。

「せっかくです、飯でも食べていきませんか」

おう、と登一郎は踵を返した。

「よいな、飯屋を探そう」

賑わう宿場町を、二人は歩き出した。

時代小説

二見時代小説文庫

はぐれ同心《どうしん》の意地《いじ》　神田《かんだ》のっぴき横丁《よこちょう》6

二〇二四年　二　月二十五日　初版発行

著者　氷月《ひづき》　葵《あおい》

発行所　株式会社　二見書房
〒一〇一-八四〇五
東京都千代田区神田三崎町二-一八-一一
電話　〇三-三五一五-二三一一［営業］
〇三-三五一五-二三一三［編集］
振替　〇〇一七〇-四-二六三九

印刷　株式会社　堀内印刷所
製本　株式会社　村上製本所

落丁・乱丁本はお取り替えいたします。定価は、カバーに表示してあります。

ISBN978-4-576-23156-3
https://www.futami.co.jp/

氷月 葵

神田のっぴき横丁

シリーズ

以下続刊

①殿様の家出
②慕われ奉行
③笑う反《はん》骨《こつ》
④不屈の代人
⑤名門斬り
⑥はぐれ同心の意地

次は勘定奉行か町奉行と目《もく》される三千石の大身旗本真《ま》木《き》登《と》一《いち》郎《ろう》、四十七歳。ある日突如、隠《いん》居《きょ》を宣言、家《か》督《とく》を長男に譲って家を出るという。いったい城中で何があったのか？　隠居が暮らす下《しも》屋敷は、神《かん》田《だ》のっぴき横丁に借りた二階屋。のっぴきならない人たちが〈よろず相談〉に訪れる横丁には心あたたまる話があふれ、なかには〝大事件〟につながることも……。心があたたかくなる！　新シリーズ！